JN131199

2DB
二次元ドリーム文庫
異世界ハーレム物語 3
～淫魔と隷属契約、女海賊と愛人契約～
小説 黒名ユウ
原作・挿絵 立花オミナ
（サークル しまぱん）

登場人物紹介
フィリア
リュゼ
ティアーネ
ドロテア
ライラの妹で、
彼女もサキュバス。無口だが、
セックスに対する情熱は人一倍。
ライラ
魔界に住む高位のサキュバス。
高い魔力を有するが、
戦闘は苦手。サキュバスらしく
経験豊富のはずだが……？

ミラ
アルメラ・アルミラルダ
海賊船・貴婦人鮫号の女船長。
豪放磊落な性格だが、
直樹に罠を仕掛ける狡猾な一面も。
ナタリヤ
フスの村で宿を営む
美女エルフ。直樹の最初の
現地妻でもある。
リムリィ
アルメラの船で暮らす奴隷の少女。
世の中は嫌いなものばかりだと思っていて、
奴隷である事に抵抗しつつも
やりきれない消極的な姿勢でいる。

プロローグ

嫌いよ。嫌い。嫌い。大嫌い――

リムリィは暗闇の中で小さな身体を縮こまらせていた。

怒声。金属と金属がぶつかり合う音。爆発。悲鳴。

頭上で響くそれらの不穏な喧騒を少しでも遠ざけようと耳を塞ぐ。

聞こえさえしなければそれが現実ではなくなるかのように、両手にぎゅっと力を込めて。

(こうしていればお家に帰れるんだから……)

故郷に、あの森に。

里を襲った魔物はもういなくなったのだろうか。

血を流して倒れたお父さん。

「逃げなさい!」と叫んで突き飛ばすように背を押したお母さん。

言われた通り、遠くへ、少しでも遠くへと何日も何日も森の中をさまよって……。

そうして出会ったあの人たち。初めて目にするエルフ以外の大人たち。

彼らが言ったのだ。ついて来ればお家に帰してやると。

でも、でも、本当なのだろうか……?

初めて見る船という乗り物、初めて見る海。

リムリィはどちらも嫌いだった。

床や壁のぬめり、予測のつかない波の揺れ、ぎいぎいと軋む船体。鳥の声も違う。

それに、あの水平線という不気味なもの！

ずっと遠くまで見えるのに、その先になにもないなんて森ではあり得なかった。

どうしたって不安な気持ちが駆り立てられる。

その向こうには本当にお父さんとお母さんが待っているのだろうか？

「本当だもん。こうしていればお家に帰れるの……」

船倉の天井には明かり採りを兼ねた格子戸があり、そこから眩しい陽光が床に落ちている。

リムリィは暗闇に浮かぶその陽だまりの一点をじっと見つめ、何度も繰り返し呟いた。

「言われたんだもん、本当だもん。本当だもん。本当だもん。本当だもん……」

まるで、そう口にしていれば、それが現実になるかのように——

ふと気づくと、あれほどやかましかった物音がしなくなっていた。

「お頭！　ここにも船倉がありますぜ！」

板格子の向こうから覗き込む影。顔は見えないが声でわかる。女の人だ。

「じゃあ、女奴隷たちはこっちかね」

応じる声もまた女の人だ。

（どれい……？）

初めて聞く言葉だ。自分のことだろうか？

お父さんにも、お母さんにも、里の誰からも、そんな風に呼ばれたことはなかった。

もしかして前はそうじゃなかったけれど、今はそうだということだろうか。

だとすれば、いつの間に？

女の人ふたりのやりとりは続いていた。

「いや……お頭、誰もいないみたいですよ」

「よく見てごらんよ……ほら、奥に人影がありゃしないかい？　梯子を降ろしてやりな！」

声がまた聞こえ、跳ね戸になっている格子板が引き開けられた。

そこから縄梯子が投げ下ろされる。

だが、リムリィはうずくまったまま動かなかった。

「男の奴隷どもは？」

「我先に海に飛び込んじまいましたよ……ビビッちまったんでしょうね」

「ちっ……陸までは泳げる距離じゃないだろうに。じゃあ、ボートだけは下ろしてやんな。あとは勝手にしろだ」

なんのことかはよくわからなかったが、頭上で交わされるその会話は恐ろしげだ。特に、お頭と呼ばれている女の人の声は荒っぽくて不安になる。

リムリィが登ってこないので、上から声が掛かった。

「上がっておいで。安心おし、あいつらならあたしと仲間たちがやっつけちまったよ」

それでも、聞こえないふりを押し通す。

梯子を登れば信じていたことがすべて嘘になってしまいそうで恐ろしい。

上には行きたくない。ずっとここにいたい。

やっつけたというのは、この船の人たちのことだ。そうに違いない。

(どうして……せっかく、お父さんとお母さんに会えるはずだったのに!)

すると、縄がたわんで次の瞬間、誰かが滑るように降りて来た。

三角形の大きな帽子をかぶった、髪の長い女の人だ。

血のような真紅の髪。里ではそんな髪の色をした人はいなかった。

彼女はしなやかに着地すると、暗がりに身をすくめるリムリィに向かって言った。

「待つのは苦手でね……」

その声は、さっきお頭と呼ばれていた人のものだ。

「あんた、逃げたくないのかい?」

「……」

答えたくない。口をきけばすべてが失われる、きっと。

すると、お頭が声を上げて笑った。

「ハハッ！　そうか、逃げ方を知らないのか！　子供だもの、そりゃあそうさね」

「逃げたわ！　お母さんに言われて」

馬鹿にしたような口調に思わず言い返してしまい、ハッとしてまた口をつぐむ。

「そうかい、ふふっ」

お頭は片方の眉を上げておかしそうに笑い出した。

（この人……嫌い！）

言っていることの意味がわからない上に、決めつけるような態度に腹が立つ。

だが、睨み返しても相手は顔色ひとつ変えなかった。

「いいさ、それじゃ、あんたは奴隷のままにしておこう。逃げ方を学ぶまではね。おうい、引き揚げておくれ！　この子は船に乗せる。連れていくよ！」

縄梯子を掴んで頭上へと声を掛け、再びリムリィに向き直る。

「アルメラ・アルミラルダ。ここいらじゃあ有名な、泣く子も黙る女海賊。貴婦人鮫号の船長とはあたしのことさ。そして、アンタの新しい飼い主でもある……憶えときな」

そう言ってニィッと吊り上げられる口の端。

酷薄そうなその笑顔——

リムリィは、嫌いなものがまたひとつ増えた。

第一章　野営で5P！　逃亡中でもハーレム生活!?

がたぴし、がたぴし、がたん、ごとん……

満足な手入れが行き届いていない馬車は平坦な街道でも車輪を軋ませる。

だが、慣れた耳にとってそのリズムは、うたた寝の良きお供だ。

荷台でうつらうつらしていた直樹が目を覚ましたのは、その音が止まったからだった。

「……どうしたんだ、休憩か？」

それにしては、まだ早いような。

昼食は小一時間ほど前にとったばかりだし。

「違うわよ。見て……あれ」

答えたのはエルフのリュゼだ。

御者台に身を乗り出して前方の道端を指さしている。

そこには空き地があった。

といっても周囲は見晴らしの良い原野。いわば、そこら中が空き地みたいなものだが、
焚火の跡を中心に木箱や色々な物が散らばっていた。

「隊商のキャンプ跡のようですね」

直樹の隣に座っていた女僧侶（シスター）のティアーネがその様子を見て言う。

「役立つものが何かあるかもしれません。調べてみましょう、勇者様」

と、一行のリーダーである剣士のフィリアが、早速、荷台を降りて空き地に向かう。

「どー見てもガラクタしかないように見えるんだが……」

「そうも言ってられないでしょ、誰かさんのせいでね！」

リュゼも続いて馬車から飛び降りる。

「お、おい。誰かさんって俺じゃないよな？」

「アンタ以外に誰がいるのよ」

「ちょっと待てよ、あれは姫さんが……って、何度も説明しただろ！」

「はいはい、いいからアンタも来るのよ、手伝いなさい！」

「はあ……」

ため息を吐く直樹にティアーネが慰めるように言う。

「私もご一緒いたします……何か見つかればいいですね」

「行ってらっしゃいませ」

従者のミラは、すでに御者台を降りて手綱（たづな）を引き、道端に馬を繋ぐ準備だ。

「やれやれ……しょうがないか！」

観念し、肩をすくめると直樹は口の悪いエルフに続くことにした。

リュゼの言う通り……確かに、そうも言っていられないのだ。

レスブールでは勇者の力を悪用しようとした王女マリィに危うく捕らえられそうになり、直樹たちは強行突破による王都脱出を余儀なくされた。

荒野を逃走すること数日。ようやく追手への警戒を解いて街道に戻りはしたものの——本来ならレスデア王国の支援を受け、装備も旅費も充分な状態で出発するだったはずが、夜逃げも同然に着の身着のままで出てきたため先立つものがない。

リュゼに至っては武器防具の一式すらなく、木の枝で作った急ごしらえの弓と手繕い(てづくろ)いの胸当て(直樹の持って来たコスプレ衣装が材料にあてがわれた)という有り様。

そりゃあ、さもしくとも残留物(のこりもの)漁りもしようというものだ。

「え～と、金目の物、金目の物っと」

直樹は仲間たちと共に散らかった跡地を探った。

が、放置された木箱や樽はどれも空で、目ぼしいものはなにひとつない。

ひっくり返してみてもせいぜい隠れていた小さな虫がカサコソと逃げ出すぐらいだ。

(とほほ……)

これが魔王を倒す勇者の姿とは誰も思うまい……ぢっと手を見る。

と、それをリュゼは見逃さない。

「な～にぼんやりしてんのよ！　ホラ、その樽を運んで！」

「え？　中身はなにも入ってなかったぞ？」

「空でも積み荷を入れておけるわ。そろそろ必要でしょ」

「積み荷……？　あ～そっか！」

糧食は狩りをして賄っていたが、動物から手に入るのは食べ物だけではない。獣たちの牙や爪、そして毛皮などもしっかりと剥ぐ。後々、換金するためということだったが――それらの収穫物がそろそろ荷台で場所をとりつつある。

その収納用にということか！

「オープンワールド系のＲＰＧみたいだ……そう考えるとワクワクするものがあるな！」

「ま～た、わけのわかんないことを！　いいからさっさと……」

「ふっふっふ、みなまで言うなって。貧乏でも、これはこれで楽しいぞ！」

気の持ち方ひとつで状況の見方も変わるものだ。

鼻歌交じりで空樽を馬車に向かって転がし始めた直樹にリュゼが呆れた顔をする。

「……変な奴！」

「樽って意外と重いんだな……」

馬車までやって来た直樹は、いざ樽を乗せようという段になって途方に暮れた。

下から持ち上げるのは無理だ。荷台に登って引っ張り上げることも……やっぱり駄目だ。

そこで、馬の世話をしていたミラに声を掛ける。

「お～い、ちょっと手伝ってくれないか？」

「あ、勇者様……申し訳ありません。積み込むのは私がやりますから……」

「いいから、いいから！　ミラはこっちに持ち上げて……って、うおっ！」

ひょいと持ち上げられた樽に、荷台で待ち受けていた直樹は驚きの声を上げた。

「凄っ！」

獣人族は人間よりも腕力がある。

背丈の他はいたって普通の女の子といった風情のミラですらこれだ。

「たいしたことではありません」

「いや～凄いって！　俺じゃあ、とてもひとりでは持ち上げられないよ！　頼もしいぜ」

「左様ですか……」

いつもと変わらぬ彼女だったが、尻尾がぴょこぴょこと左右に振れている。

嬉しいのだろう。それが獣人族特有の感情表現なのだということもわかってきた。

最初の頃は、もっと打ち解けてくれたらと思っていたものだが――

(気持ちはちゃんと表していたんだよな。読み取れるようになると、ますます可愛いぞ！)

ニヤケていると、空き地でフィリアたちが話し込んでいるのが聞こえてきた。

「でも、この様子、ちょっと変ね。いくらなんでも、もう少し後片けはするような……」

「確かに……散らかりすぎですね。リュゼさん、なにか怪しい痕跡はありませんでした？」

「足跡と轍は割と最近のものだと思うけれど、慌てて出発したような乱れ方ね……」

「もしかして、なにかに襲撃されて……⁉」

（なんか、キナ臭い話になってないか？）

三人の会話に対して、直樹がそんなことを思ったそのときだった。

ピシッ……

「ん？」

小さいが妙な音。

地面に目を落とすと細い亀裂が走っている。

（こんなのあったっけ？）

ぼんやりと眺めていると、それはたちまちのうちに大きくなり始めた。

ビキッ……ビキビキビキッ……ぼしゅっ、ぼしゅっ、ぼしゅっ！

勢いよく抜かれたシャンパンの栓のように地中から石が飛び、顔をかすめる。

すんでのところで躱せたが、直樹はバランスを崩して荷台にひっくり返ってしまった。

「なっ……なんかヤバイぞ！　おいっ、みんな気をつけろ！」

舞い上がる土煙、そして、亀裂の間から躍り出る巨体――

「なっ、なんだあぁっ⁉　ム、ムカデ⁉」

ゴバアアアアアッ！

大地を割って現れたのは全長数十メートルはあろうかという大百足（おおむかで）だった。

「シャギャアアアアアアアアアアアアアアアアアア！」

巨大なキャタピラとでも言おうか、無限軌道の如き長い体節をギャリギャリと軋ませてのたうたせ、化け物は四方に広がる牙のような顎肢（がくし）をガバッと開いた。

そして、腰を抜かして動けないでいる直樹目掛けてその鎌首を振り下ろす。

「どわあああぁぁぁぁっ！」

ビシュッ！　ビシュッ！　ビシュッ！

あわやの瞬間、空を斬り裂く矢が怪物の頭部に当たり注意を逸らした。リュゼだ。

「た、助かった……！」

安堵のため息を吐く直樹。だが、危険は去ったわけではない。

怪物が軽く身震いしただけで、突き刺さった矢はあっさりと抜け飛んだ。

「鉄甲百足（アイアンセンチピード）よ！　外皮が鉄みたいに硬いの！　ちっ、なけなしの矢が三本も無駄に……」

「おまっ……こんなときまで、しみったれたことを……」

「いいから、逃げて！」

彼女が叫ぶ。と、同時に、剣を抜き放ったフィリアが走り込んで来て怪物に切りつける。

「やあああぁっ！」

ガキイイインッ！

だが、その刃もまた鈍い音と共に弾かれる。

百足は傷ひとつ負うことなく、むしろ剣の方が刃こぼれしてしまっていた。

「マジかよ……⁉　ふたりともパワーアップしてるはずだよな……」

直樹の持つ勇者の力は、女性の潜在能力を増幅させる。

効果が続くのは半日ほどだが、今はリュゼもフィリアもパワーアップした状態だ。

その矢は一本で何体もの魔物を貫くことができるし、剣は岩をバターのように切断する。

それが、通用しないとは！

（い、いや……パワーじゃない。武器の強度が相手の装甲に負けているのか⁉）

そう、いくら超人的な力を持っていても、武器はあくまでも普通のままなのだ。

まさか、勇者の力にこんな弱点があったなんて――

「くっ、これじゃあ引きつけるのが精いっぱい……！」

硬い外皮を断てぬと悟ったフィリアは、剣を振り回して太陽光を反射させ百足の注意を自分に向けさせるよう作戦を変更した。

リュゼも遠くから牽制の矢を放ち、巧みにサポートする。

それで怪物を直樹から遠ざけることには成功したものの……決め手には欠けたままだ。

「こんなん、どうやって倒したらいいんだよ……」

茫然（ぼうぜん）としていると、すぐそばで呻（うめ）き声がした。

「う、ううっ……」

ミラだ。様子がおかしい。頭を押さえてうずくまっている。

「お、おいっ……大丈夫か⁉」

「み、耳が……」

「耳……？　そうか！」

人間よりも聴覚が優れる犬人族。彼女もパワーアップによってそれが数倍になっている。

それは本来ならば強みなのだが、今回は仇となった。

巨大百足が体節を軋ませる不快な大音響が彼女を苦しめているのだ。

「くそっ、パワーアップのせいで……ミラ、しっかりしろ！」

うずくまる彼女を必死で支えるも、直樹にはなす術がなかった。

ギャギャギャギャギャギャリギャリギャリギャリッ！

鉄鋼百足はフィリアとリュゼを追って地に潜り宙に踊る。

耳障りな音がますます激しく鼓膜を刺激し、とうとうミラは悲鳴を上げた。

「あああああっ！」

「耳を塞げ！　なにも聞こえないようにするんだ！」

と、突然辺りが静まりかえった。

「⁉」

「静寂の魔法です……」

庇うように直樹とミラの前に立ち、錫杖(しゃくじょう)を掲げたティアーネが囁(ささや)き声でそう告げる。

いや、囁いているように聞こえたのは、それも魔法の効果なのだろう。

普通の声の大きさで言ったものが音量を下げられているのだ。

完全に無音とまではいかないが、怪物の騒音も耐え難いほどではなくなっていた。

「あ、ありがたい！　助かったぜ……」

「ありがとう……ございます」

ミラも礼を言う。息こそ荒いものの、さっきより具合はずっと良さそうだ。

「どうやら、私の出番のようですね」

フィリアを追い回している大百足をティアーネが見据える。

(そうだ。ティアーネの魔法なら！)

勇者の力は攻撃魔法を得意としない僧侶をして、一撃で巨鬼(オーガ)をも葬る術師に変える。

「馬車の陰に隠れていてください」

詠唱と共に突き出される錫杖。修道服に包まれた身体から神秘の燐光(りんこう)が立ち昇る。

直樹が召喚された洞窟で放った、あの灼熱の魔法だ。

「伏せてください！」

警告に合わせて飛び退くフィリアとリュゼ。間髪いれずに撃ち込まれる大火焔。

ドゴオッ！

荷台の裏にいてさえも、その猛烈な熱気が直樹の頬を炙る。

が――

「う、嘘だろ……」

熱波の過ぎ去った後、百足はなにごともなかったかのように平然としているではないか。

「完全魔法耐性……まさか、そんな……！」

ティアーネも顔を青ざめさせる。

「そんなのアリかよ！」

いや、アリだ。というかゲームでもいるじゃん、そーいうモンスター。

魔法がまったく効かず、物理で殴るしかない類の奴だ。

「でっ、でも、あの硬さだぞ！　剣も弓もダメ……物理だって通じないんだ、反則だろ！」

絶望――

しかし、そのとき、フィリアが叫んだ。

「ティアーネ！　エンチャントをお願い！」

言われて女僧侶がハッと顔を輝かせる。

「はい！」

再び詠唱。そして錫杖の先からフィリアの剣へと魔力の奔流(ほんりゅう)が迸る(ほとばし)。

ヒュン、ヒュン、ヒュン、ヒュン……

その刃から響き始める異様な風切り音。

（いや、音だけじゃないぞ……これは本当に……切り裂いてる……風を⁉）

何が起きているのか、直樹にも推測はできた。

エンチャント。直接ダメージではなく武器などを強化する魔法。ゲームでもお馴染みだ。

なるほど、これなら魔法耐性のある相手にも武器の力で戦える！

往々にしてそれは属性系の特殊効果も付与するものだが、どうやらこれは――

「真空ぅ……」

大きく息を吸い、身体を屈めたフィリアは次の瞬間、遥か上空へと跳躍した。

そして、ズッバアアアアアアッ！

怪虫の脳天目掛け、鋭く振り下ろされた刃――いや、斬られた空気の断裂そのものが、
今度はいとも易々(やすやす)とその鋼鉄の硬さを持つ外皮を叩き割る。

そして、そのまま垂直に地面まで！

「シャアッギャアアアアアアア～～～～～～‼」

断末魔の叫びと共に、両断された長い胴体が地響きを立てて左右に崩れ落ちた。

「すっげ……」

「勇者様、お怪我はありませんでしたか⁉」

駆け寄ってくる女剣士の揺れる胸。

しかし、さしもの直樹も今回ばかりは見とれることを忘れてしまっていた。

「はー、厄介な相手だったわね」

矢を拾い集めながらリュゼも戻り、ティアーネが頷く。

「きっと、隊商はこの魔物に襲われて逃げ出したんでしょうね……」

「勇者様……先ほどは庇って頂きありがとうございました」

ミラに身体を寄せられて直樹は頭を掻いた。

「いや、俺は別になにも……ティアーネのおかげだよ。勇者らしく活躍したいもんだけど」

「じゃあ、活躍してもらおうかしら」

横からリュゼが口を出す。

「お、おう……なんだ？　なんでも任せろ！」

「この百足の脚を全部引っこ抜くのよ」

「は？」

「硬いし、沢山あるし。矢にするのにもってこいだわ」

「はあ～!?　それはさすがに貧乏性すぎなんじゃ……」

「この甲皮も希少(レア)ですから売れればきっと良い値段がつきますよ、勇者様」

「おいおい、フィリアまで!?　マジかよ！」

「ほら、ちゃっちゃと手を動かす！　お金がないのはアンタのせいなんだから！」

「またそれかよ～！」

そう言われては、従うしかない直樹だった。

その頃――

魔族の支配者の居城の心臓部、魔王の間では闇の中で奇怪な球が光を放っていた。

球体は巨大な水晶玉のようにも見える。

だが、それは大蝙蝠（おおこうもり）の眼球から造り出された魔道具であった。

球内には蜃気楼のように揺らぎ、虚（うつ）ろな夢の中の光景にも見える像が結ばれていた。

魔王の城は死の大地と呼ばれて恐れられる不毛の凍土の果てにあり、オイニア大陸とは大海で隔てられた距離にある。

その距離にも関わらず、そこに映し出されているのは馬車と、その周りの一団の者たち。

剣士、僧侶、エルフ、獣人族の従者……女ばかりの中に、間抜け面の少年がひとり。

すなわち、勇者の一行の現在の様子だった。

それは魔王によって送り込まれた密偵からの報せなのだ。

「フン……勇者、か……」

闇の中に声だけが響いた。

「忌まわしき封印から解き放たれてみれば、我が宿敵もまたこの世界を訪れているとは。これは神々に仕組まれた因縁であろうかな」

「恐れながら、魔王クルデリス様」

魔球の側にかしずく参謀のミーチェが目を伏せたまま闇に応える。

「……かつての切辱を晴らす機会を得た、ということでしょう」

その出で立ちは、魔王軍の参謀というより侍女たちを取り仕切る女家令のようだ。

タイトな黒の上着の下にはフリルとリボンタイで装飾された清楚なブラウス。そして、豊かな臀部を包むだけの、華美さとは無縁の簡素なスカート。

上品な縁なし眼鏡を指で押し上げると、彼女は今ひとたび球内の映像に目をやった。

「しかし、この者、本当に勇者なのでしょうか？　凡庸な少年にしか見えませんが……」

「甘く見るなよ、ミーチェ……」

闇から返ってきた主の答えには厳しさと、少々の苛立ちが込められていた。

「勇者の真価は目に見えるものではない。三百年前、それを軽んじたがために余は苦杯を嘗めることになった。同じ轍を踏むわけにはいかん」

かつての戦いの記憶に、いっそう苦々しげとなる魔王の声。

「はっ……」

ミーチェは畏れに身を固くした。

が、それも束の間、闇の向こうの玉座から不敵な笑いが漏れる。

「そう……同じ轍は踏まぬ」

――とは、どういうことか？

測りかねて黙したままのミーチェに向かって魔王が言葉を継ぐ。

「人間どもの寿命は短い。勇者もそのくびきからは逃れられぬ。今回の勇者は前の者とはまた別人……。今度は利用するのだ、ミーチェよ。奴の力は危険だが、上手く扱えば我々魔族の勢力は更に伸びるだろう……そのためには、勇者が未熟なうちに……」

狡猾（こうかつ）な罠を仕掛けろ――と。

すぐさまその意を悟って跪く（ひざまず）参謀に、魔王の下知が飛ぶ。

「配下に指令を出せ。直ちに勇者を捕らえて連行せよと！　奴の力で最強の軍団を作り上げ、魔族再興の野望を果たすのだ！」

「おお、クルデリス様……」

ミーチェは肩を震わせた。胸の奥に熱いものが込み上げる。

「よいか、失敗は許されぬぞ？」

「はっ……必ずや！」

命を受けて立ち上がり、魔球の向こうの尖兵を呼び出す。

「――聞いていたな、お前たち？」

その声には隠しきれぬ昂(たかぶ)りがあった。

ついにその時が来たのだ。新たな戦いの始まる日が。


夜——

野営のテントの中には淫らな発情のいきれが充満していた。

「それにしても、昼間は死ぬかと思ったよ。パワーアップしていても苦戦するなんて」

「魔王の力が日増しに強まっているということかもしれません……」

フィリアの甘い吐息が直樹の唇をくすぐる。

熱く濡れた彼女の舌肉が口内に忍び込み歯列を探り始めた。

「んちゅ……んっ、んくっ……」

唇を押しつけ合っての激しい吸い合い。

舌で互いを犯し合うかのようなキスは脳髄が溶けてしまいそうな快感と興奮だ。

抱きつくフィリアの身体も火照りきっている。

「魔物も今まで以上に手強くなるでしょうね。ですから……」

柔らかな乳房に唯ひとつ硬く尖った部分を触れさせて「早く欲しい」と暗にせがむ。

しかし、女剣士が望むものはミラの膣(ちつ)に根元まで埋没し、淫蜜のしたたる、ねっとりとした秘肉を堪能しているところだった。

「あっ、あっ……勇者様……奥……当たります……ん、ああっ♡」

ミラはスカートをまくられ、樽に手をついて立ちバックで挿入されている。

胸元はブラウスを胸の部分だけはだけられ、突き込みの度に、その豊かな乳房がぶるんぶるんと揺れ動き、あられもない声が上がる。

「こんなことでいいのかな……」

ミラへの責めは緩めぬまま、直樹は疑問を口にした。

「魔王は目覚めたばかりだから、時間はまだあるって姫さんは言ってたけど……」

果たして、そんなに楽観していいものか。あれはマリィが直樹を自分のもとに留めておきたいがための口実、希望的観測という気がする。

そんな彼女のもとを逃げ出して再び旅路についたものの、素寒貧（すかんぴん）の逃亡生活。

これで本当に魔王を倒すことなどできるのか。

「いずれにしても、のんびりとはしていられませんね……」

と、答えたのはティアーネだったが、その目は物欲しげにミラと直樹の接合部を見つめていた。頬も欲情に上気してピンク色だ。

どの口が「のんびりとはしていられない」と言うのか――しかし、直樹にはそれを咎（とが）める資格はなかった。

何故なら彼もまた彼女の禁欲的な黒一色の修道服の、やはりそこだけはだけた胸元からまろび出た白い巨乳を思うさま揉みしだいているところなのだから。

(まあ、いいか！　エッチに関して言えば必要なことなんだしな！)

勇者の力によるパワーアップは精液によって与えられる。

だから、セックスは――毎夜のハーレムの営みは、やらねばならぬことなのだ。

直樹は気を取り直すと、フィリアの舌をちゅうちゅうと音を立てて吸い、ティアーネの乳首をつまんで乳肉の中に捩じり込み、ペニスの先端でミラの膣奥を突き上げた。

「んふぅっ……ちゅぱっ♡　ああっ……勇者様の舌、いやらしい……」

「ひゃんっ……ああっ！　乳首ぃ……か、感じますぅ……」

「んあっ！　はあぁんっ♡　あっ、あっ……♡　またいくっ……んんっ♡」

キス、胸、挿入。同時に別々の美女を愉しむなんて、なんという贅沢だろうか。

しかも、それが勇者の使命だというのだから、この世界は最高だ。

「どうか、勇者様、私にも……♡」

ミラの尻にあてがわれていた直樹の手を取り、フィリアが自分の秘所へと誘った。

熱く濡れた裂口に触れさせ、そのいやらしい蜜液を直樹の指でクリトリスに塗りまぶす。

なぞられ、ぬるりと開いてまた閉じる陰唇の艶めかしい感触。

女僧侶も自ら両乳房を差し出して、直樹の手をじっとりと汗ばんだ谷間に挟み込む。

立ち昇る女たちの甘酸っぱい発情臭に、男の本能が刺激され肉棒が脈を打つ。

ズチュ、にゅくっ……ズチュッ……

「感じれば感じるほど締まるよな、ミラのは……ううっ」

「ゆっ、勇者様のオチンチンも……あっ、ああっ、どんどん硬くっ……太くなって……」

「そうか？　なら、それはお前のマ○コが気持ちいいからだぞ」

「そ、そんなこと……んんっ！」

褒められて、一気に膣圧が強くなる。

もうお馴染みとなったきゅううううっという膣口の強烈な伸縮。直樹は激しく腰を振り、強い肉圧の中に亀頭を潜らせる。何度味わってもたまらない快感だ。

カリの所が通過するときのゴリッという感じが否応なく射精を促してくる。

ミラも膣道をぶるぶると震わせてアクメ寸前だ。

「出すぞっ！　一番奥で射精してやるからな！」

びゅるるるる、ぶびゅ、びぶぶ、びゅるぶぶぶ……！

直樹は豊満な尻に勢いよく下半身を打ちつけると、先端を子宮に密着させて吐精した。

「ああああっ！　あっ、熱いのが……膣内に……あっ、んあああああっ！」

胎内に浴びせられた熱濁に獣人の従者は大声を上げて果てた。

「ふう……最高……」

ほかほかと湯気を立てる牝孔からずるりと陰茎を引き抜くとザーメンが吊り橋となる。

絶頂したミラは樽にぐったりと上体を預け、その長くて美しい両脚を無様にピクピクと痙攣させながら、ピンクの秘裂から白濁を垂れ落とした。

すかさず、ティアーネとフィリアが直樹の股間に群がった。

競うように舌を這わせて、まとわりついた愛液と精液をペニスから舐めとってくれる。

「おお……い、いいぞ。ふたりとも……スッゲー気持ちいい……くうっ！」

出会ったときは処女で未経験だった彼女たちも、ずいぶんと上手くなった。

なにより、付き合いが長くなった分、親密さが増した。

情熱的な舌使いは勇者の精液の催淫効果のせいだけでなく、純粋な好意によるものだ。

「んちゅ……♡　気持ち良いですか、勇者様……？」

「して欲しいことがあれば、なんでも言ってくださいね……♡」

（あ～、上目遣いの可愛らしい顔……最高だな……）

と、テントの帳がサッと開いた。

「ちょっと、いつまでやってるのよ！　もういいでしょ、次は私の番！」

外で見張りをしていたリュゼだった。

漏れ聞こえる喘ぎ声に我慢が出来なくなったのだろう。火照りを肌に滲ませての乱入だ。

「え、まださっき始めたばっかりだろ？」

そうよ、そうよ、と直樹に同意する顔つきのフィリアとティアーネ。

しかし、リュゼは断固として退く気はないと腰に手を当てる。

「みんな一回ずつは出してもらったでしょ、聞いてればわかるんだから！」

「そ、そーなの？　凄いな、お前……」

「うるさいっ！」

顔を真っ赤にして怒鳴り、問答無用とばかりにチュニックをたくし上げると、横入り（はい）のエルフは整ったお椀型の美乳を曝け出した。

「うおっ……！」

何度目にしても飽き足りないほどの絶妙なシェイプ。バランスの良い魅惑的な膨らみと、上向きの可愛らしい薔薇色の肉蕾（つぼみ）に、直樹の顔が思わず綻ぶ。

リュゼはそのまま、惜しげもなくその芸術品で陰茎を挟み込んだ。

「精液の効果……切れたまま見張りするのは危ないでしょ？　ね、一回だけ……そしたらまたすぐ戻るからぁ……♡」

甘え声で言い訳しつつパイズリを徐々にせり上げてマシュマロの柔らかさを移動させていく。そうして乳房をむにゅうっと思い切り押しつけ抱き締めて、独占完了。

今度はキッスのおねだりだ。

「んん……はあ……♡　ちゅっ……んちゅっ……♡」

「もう……リュゼったら！」

割り込まれたフィリアとティアーネも、負けてはいられないと、それぞれ自慢の乳房をこすりつける。

女剣士のは魅惑のロケット型。ティアーネのは言わずもがなの重爆乳。

右から左からのおっぱい包囲網だ。どっちを向いてもねだられるキス、キス、キス。

絶頂の余韻から覚めたミラも、直樹の背後に膝立ちして尻穴から背筋へ……やがては、うなじに舌を這い上らせる。

（し、幸せ～！）

彼女たちは囲んだ直樹をそのまま優しく寝そべらせ、リュゼが騎乗する格好となった。

前後にくねるドスケベな腰使いと、奥まで熟れきったマ〇コの感触に呻きが漏れる。

「リュゼも上手くなったな……」

それは、お世辞ではなく本心だった。

腰を落とすときは少し浮かせ気味にして寸止めし、突き上げの瞬間には体重を乗せてと、むっちりとした桃尻全体でペニスの衝撃を余すことなく受け止めている。

そうかと思えば接合部を密着させた状態で螺旋を描いて身を揺すり、感じる所に肉棒を押し当てる。

「べ、別にアンタを気持ち良くさせようと思って……し、してるんじゃないからっ！」

そうは言っても、快楽を求めるその貪欲な動きは、女の胎内を全方位的に味わわせてく

れるものだった。

「そうか？　でも、俺はリュゼが気持ち良くなってるのを見てるだけでも興奮するよ」

「ばっ……な、なに言ってんのよ、も……あっ、ああっ……そこぉっ……♡」

弱点を狙ってわざと角度をつけると女体が反り返り、乳房が跳ねた。

「ほら、その顔……めちゃくちゃ可愛いぞ！」

「ば、馬鹿じゃないの、心にもないこと……あっ、あっ、ああっ……いいっ♡」

「感じまくってるリュゼに膣内出しするのは、いつだって最高だぞ！　よし、今、お待ちかねを注いでやるからな！　イキ顔もしっかりと見せてくれよ！」

ばちゅっ、ばちゅっ、ねちゅっ、ばちゅ……ねちゅっ、ばちゅんっ！

膣からこぼれる愛蜜が、ピストンクラップを粘つかせる。

高まるエクスタシーに追い詰められて、たまらず上がる甘い淫咽。

「んあっ……普段はダメダメなくせに……っ……あ、ああんっ♡　エッチのときだけ……ふ、ふあっ……んふぁっ……はあぁあんっ！　な、生意気なんだから……あぁぁんっ♡ああっ、いっ……く……いくっ……♡」

びゅぐうっ、びゅぐっ、びゅるるるるぶぴゅううううっ！

「ああっ♡　熱いっ……お腹の中ぁっ……出てる、いっぱい出てっ……ああ、あああっ♡いくっ、いくぅっ……ザーメン感じていっちゃう、いくううううううっ♡♡♡♡♡♡」

子宮の中にブチまけられた熱い濁精にリュゼが飛悦した。

そのまま仰向けに倒れた彼女の割れ目から肉棒がにゅぽんっと抜ける。

そして、フィリアとティアーネの奪い合いがまた始まった。

「勇者様……今度こそ私に……」

「ああん、私ですよぉ！」

マジで最高だ。

最高だけど、俺たち大丈夫なのか？

もう一度、疑問を口にしてみる。

「それにしても、これからどうするんだ？」

「それはちゃんと……ずちゅっ……ちゅぷ……♡　考えがありますから……んちゅっ♡」

「ええ……ちゅぽっ……♡　ご安心ください……ちゅむ、ちゅるるるっ♡」

熱烈なダブルフェラでの返答に、やはり結局、直樹はそれ以上の追求を忘れてしまう。

「うおっ……タマの裏……い、いいぞ……ティアーネ。ううっ……フィリアも……！」

悦楽の宴はいつ終わるとも知れず――

その様子を、じっと見つめる目。

いつの間にかテントに這い込んでいた一匹の小さな蝙蝠には、誰も気づかなかった。

第二章　ナタリヤの条件

朝の支度(したく)を終えて、ひと休みしようと外に出ると、待ち構えていたかのように心地よいそよ風が吹き抜ける。

ナタリヤは大きく息を吸い込み、野山からの新緑の香りを楽しんだ。

(今日は一段と良いお天気ね……いいことがありそう)

そんな予感に心を弾ませる。

宿の前にはもうひとり、こちらは本当にナタリヤを待ち構えていたお客さんがいた。

と、言っても宿泊客ではない。

村の少女だ。手にした棒きれで地面をなぞっている。

「あら、なにして遊んでるの？」

隣にしゃがんで尋ねると、少女は目を輝かせた。

「見て、見て！　あたしのお名前、これで合ってる⁉」

「まあ、上手な字！　ちゃあんと書けてるわよ……ママのお名前も書けるかしら？」

「書けるよ！　お婆ちゃんのも！」

少女が自分の名の隣に母の名を綴り、更に祖母の名を並べる。

「ふふっ、凄いわね」

微笑み、それからふと顔を上げる。

青空には流れゆく雲。

少女の母親も文字を覚えたての頃、やはりこうして書いてみせてくれたものだ。

そして、その母も。その母の母も、そのまた母も……。

二百年。それは、生まれ故郷でエルフの仲間たちとだけ一緒に暮らしていれば、長くは感じない年月なのかもしれないが……。

「あらあ……みんなも読みにきたのぉ？」

ナタリヤがもの思いにとらわれている間に、少女の興味は他に移ったようだ。

見ると、文字の横を蟻の隊列が行進している。

「見物料をとるわよ！」

その言いぶりが可笑(おか)しくてナタリヤは笑った。

「いいじゃない。せっかくなのだからタダにしてあげたら？」

「ええ～、そんなのやだぁ～」

口を尖らせる少女。

と、村の入り口の方から物音が近づいてきた。

がたぴし、ぎいぎい……がたぴし、ぎいぎい……がたん、ごとん……

車輪の軋む音。馬車だろうか？
それにしてもずいぶんとくたびれた感じの音だ。
宿を求める旅人かもしれないと立ち上がり、道の先に目を凝らす。
「あら……？　あれは……」
近づいて来るのはやはり馬車だったが——見覚えがある。
御者台で手綱をとるのは獣人族の娘……そして、あちらもこっちに気づいたようだ。
荷台で座っていた少年が立ち上がり、大きく手を振る。
「……ナオキ君⁉」
思わず声を上げ、ナタリヤは顔を綻ばせた。
嬉しさで全身がカッと熱くなる。
（帰って……来てくれた！）
使命を果たし、自分のもとに——
感情に衝き動かされるまま、馬車に向かって駆けだそうとして……。
そこでようやく理性が追いついた。
早すぎる。
彼らがこの村を発って、まだ一ヶ月ほどしか経っていない。
荷台には仲間たちの姿もある。

「みんなも……いったい、どうして……⁉」

おかしな事態だ。

それでも――ナタリヤにはわかっていた。この胸のざわめきは、やはり喜びのためだと。

「そう……それは大変だったわね」

いきさつを聞けば同情を禁じ得ない。

早めの昼食をとりながらの話だったが、テーブルに並べた手料理には次々と手が伸びた。

みんな、ちゃんとした食事に飢えていたのだろう。

「本当よ。さんざん待たされた挙句、追われる身になるなんて」

「いや、だから俺もけっこう危なかったんだぞ？」

「上手く姫様の追手を撒けていればいいんですが……」

「あの勇者狂いのことだから執念深く捜してくるわよ、きっと……」

以前この村を訪れたときは、ただの冒険者を装っていたフィリアたちだったが、事ここに及んではと洗いざらいをぶちまける。

思いもよらない出来事に驚かされつつも、だいたいの事情はナタリヤにも呑み込めた。

「それで……どれくらいここに留まる予定かしら？」

直樹の窮状を助けるためなら、なんでもしてあげたいところだ。

「二、三日ですかね……」

フィリアが思案顔で答える。

「その間に、魔物退治の依頼でも受けて当座の路銀を工面しようと……」

「あれ？　物資を売ってお金に換えるんじゃなかったのか？　あの百足の皮とかさ」

直樹が言う。

逃避行の最中に出くわした魔物との戦いの話はナタリヤも先ほど聞かされたところだ。

百足の脚を全部引っこ抜かされたと恨めしげながらも楽しそうに話す様子には、つい目を細めてしまった。

「あーいうのは、田舎では買い手がいないの」

リュゼに言われてもピンと来ていない顔の直樹を見て、フィリアがナタリヤに尋ねる。

「あの、地図ってありますか？　いい機会なので勇者様に地理を少しお教えできれば」

王都脱出のドタバタで自分たちのものは持って来られなかったらしい。

「そうね、古いものでよければ多分……」

仕舞ってあった古地図を持ってくると、それを広げて説明が再開される。

「なるほど、ここがフスの村。で、こっちが王都レスブールか」

「逆よ、どうして山奥に王都があるのよ！　地名だってちゃんと書いてあるでしょ！」

「いや、だって、読めないし……」

「あーもう、面倒臭いわね！」

「勇者様がこの世界の字を知らないのはしかたないんだから、そんな風に言っちゃ駄目よ、リュゼさん」

「で、ですよね！　ナタリヤさんは優しいなぁ！」

「ふふ……」

繰り広げられる珍問答に苦笑しつつナタリヤも話に加わる。

直樹がレスブールとフスの村の間にある大きな森林地帯を指して言った。

「んーと、ああ、それじゃあ……これが魔の森か」

今度は間違ってはいない。

フィリアが頷いて、魔の森を迂回して伸びる街道を指で辿ってみせる。

「そうです。前回は王都への近道で森を突っ切りましたが、今度はこの街道の本来の行き先へと向かいます。途中には、ここよりも大きな村や町がいくつかありますが……」

「あー、そういえば、前にミラが市場に買い出しに行ってたって……ああ、物資はそこで売るってことか」

ようやく合点がいったと手を叩く直樹。だが、リュゼが首を振る。

「そこでも無理。近隣の町程度の市場じゃ、希少素材に買い手はいない。でも、冒険者に仕事を斡旋してくれるギルドはあるから、まずはそこで少し稼ごうってわけ」

「冒険者ギルドって、やっぱあるんだな……！」

「フスは小さな村落なので冒険者ギルドもありませんから、近くの町まで通って……」

「なるほど……って、待てよ？　それなら、そこで滞在すればいいんじゃ？」

直樹は当然の疑問を口にした。

この村と町を行ったり来たりするのは大変そうだ。

「馬っ鹿ね～。王女に狙われてるのよ」

リュゼが呆れたと肩をすくめる。

「今はできるだけ人目につきたくない。本当言えば、冒険者ギルドにだって出入りしたくないけれど、手持ちのお金じゃ、ここの宿代が精いっぱいだもの……」

ダム！　ダム！　と力強く地図を指しながら一気にまくしたてる。

「だから、この村に身を隠しながらギルドのある町で依頼を受けてお金を稼ぐ。それから、今度はもっと大きな都市へ行って……」

「大きな都市？」

「ふふん、そこなら物資の買い手も見つかるわ。レスデアの玄関とも呼ばれる交易港……商業の街、リハネラよ！　街道だって、そこと王都を結ぶためのものなんだから」

「おおっ、商業の街！　ワクワク感あるぅ！　ここだな⁉」

直樹がビシッと地図の一点を指してみせる。

「だから、なんで交易港が山の真ん中にあるのよ！」

「いや、だって俺、字が読めないし……」

「そういう問題じゃないでしょ、これは！」

やんやん言い争いを始めたふたりを他所に、フィリアが頭を下げる。

「はは……まあ、そういうわけで、またしばらくお世話になります……」

ナタリヤは頷いてみせ、しかし、すぐに「でも」と言葉を続けた。

「もしよかったらだけど……今晩、無料で泊めてあげるわよ？」

「えっ⁉　本当ですか⁉」

「そうすれば宿代を節約できた分、ギルドの仕事なんかしなくても、真っ直ぐリハネラに向かえるでしょう？」

「それは助かります、けれど……」

そんなに厚意に甘えていいものかと女剣士が言いよどむ。

「気が引ける？」

ナタリヤは微笑んだ。

「なら、そうね……私のお願いを聞いてくれたら、ということでどうかしら？　ふふふ」

その悪戯っぽい言い方に、フィリアはきょとんと目を丸くした。

山村の日没は早い。

夜を迎えた寝室に揺らめく燭台の灯。照らされるのは夢のような光景。

「ほら見て……♡　あなたとしたくて、したくて、もうこんなに濡れちゃってるの……♡」

そう言ってナタリヤがスカートをたくし上げる。

曝け出された白のショーツはぐっしょりと湿っており、その上、収まりきらない蜜汁が彼女のむっちりとした太腿の付け根の内側を伝い落ちていた。

「あぁ……最高です。俺もこれからすること考えたら……チンコがガチガチに……」

全裸でベッドに腰を下ろす直樹の股間もギンギンに膨らみきっている。

そして——それを見つめるのはナタリヤだけではなかった。

フィリア、ティアーネ、リュゼ、ミラ……狭い寝室の中に全員が揃っていた。

(ナタリヤさんに再会することになって、期待はしていたけど……)

前のように仲間の目を盗んでこっそりエッチできれば、ぐらいのつもりだったのに。

ところが、宿代の交換条件として切り出されたのは勇者の夜の営みに自分も参加させて欲しいという願いだった。

直樹にしてみれば断る理由などない。大歓迎の申し出だ。強いて難点を挙げれば、以前、この宿に泊まったときのことも話さなければならなくなったということぐらいで——

「呆れた。村にいる間、皆とあれだけしたってのに。いつの間に手出ししてたのよ？」

「勇者様……私たちだけでは満足できなかったんですか？」

事情を聞かされた仲間たちの視線が痛い。が、この際そんなことは気にすまい！

「ふふ……あまり彼を責めないであげて♡　誘ったのは私の方なんだから……♡」

大人の余裕で他の者たちを宥め、ナタリヤが直樹の肌にそっと手を這わせる。

「五人相手にちゃんと頑張れるのかしら……♡」

「もちろんです！　全員ハメまくってあげますよ！」

「フンッ……相変わらずスケベなんだから……」

毒づきながらも、後れを取るまいとリュゼがチュニックを脱ぎ捨てる。

フィリアも、ミラも、ティアーネも、それぞれ衣服を脱いで半裸となった。

（くはぁ～、いい眺め！）

たわわな披露宴に、どのおっぱいを見ればいいのかと目玉が忙しない。

ハーレムエッチは毎夜のことだが、ナタリヤがひとり加わっただけで華やかさが倍増だ。

フィリアたちにしても勝手が違うらしく、ドキドキしているのが顔つきから伝わる。

「それじゃあ、遠慮なくやらせてもらうわよ♡　成長したところ見せてちょうだい♡」

ナタリヤがビスチェの胸の部分を開け、直樹の前に膝をついた。

白い乳房が肉棒を挟み込む。

「おぉ……」

むにゅりという感触に、思わず歓喜の声が漏れる。

それはナタリヤも同じだった。

「あぁ、これ……♡　この子をずっと待ってたの♡」

パイズリというよりは、おっぱいで怒張を抱き締めるといった感じ。

包み込んだそのままで、じっと感触を確かめる。

「すっごい熱くなってるわね……♡」

「はうっ!!　うあぁ……」

ヒンヤリとした素肌の気持ち良さと、とろけそうな柔肉の優しい感触に直樹は呻いた。

(真心こもってる……チンポが愛されてる……ああ～いいなあ～この感じ……)

もちろん、仲間たちとのいつものプレイに心がこもってないというわけではないのだが、久しぶりということもあるし——いや、やはりナタリヤは特別なのかもしれない。

想いが深いというか……何故だかはわからないが、そんな気がするのだ。

すると、他のメンバーたちも負けじと直樹を包囲する。

「勇者様……私たちだっているんですよ……」

密集する彼女たちの玉の肌には、うっすらと汗が浮かんでいた。吐きかかる息も荒い。

「あー最高……蒸れたおっぱいに囲まれて」

直樹も顔が火照っていた。女たちの息遣いと体温に頭がクラクラする。

そこにナタリヤがパイズリのまま、ぐっと背筋を伸ばして唇を差し出してきた。

キスのおねだりだ。

だが、さすがに姿勢が苦しい。直樹も唇を突き出して迎えるが、ギリギリ届かない。

と、ミラが後ろから直樹の頭を支えてくれる。

ぷちゅく……濡れた口唇が触れ合い、大人の接吻が始まった。

「んっ……♡　んっ♡」

「んんっ……ナタリヤさん……凄く温かい……」

直樹は吸われるがままに舌を差し出し、押しつけられる女体の熱に身を委ねた。

「いーっぱい、してあげるわよ……♡」

甘やかす気満々の囁きと共に、いっそう強く乳房が押しつけられる。

「あぅ……」

天国だ。最高に気持ちいい。

すると、ナタリヤに譲ってもらい、フィリアがペニスをぎゅっと挟み込んだ。

「ふふ♡　私もご奉仕しますね♡　勇者様♡」

そして、力強くしごき上げる。

ずりゅ、ずりゅっ、ずりゅりゅりゅっ……！

「おっ……おぉ……これは……！」

乳房の中で溶けてしまいそうだったナタリヤのパイズリとは真逆にフィリアのは張りと弾力を誇示するかのような、強い圧迫による乳しごきだ。

(ううっ、これもいい！　張り合ってるってわけじゃないだろうけど……)

どうやら、期せずしてパイズリ合戦が始まってしまったようだ。

続いておずおずと胸を差し出してきたのはミラだった。

「その……自信がないのですが……ちゃんと気持ち良くなれていますか……？」

前のふたりに気後れしたのか、そんなことを聞いて来る。

だが、ぷにっぷにの胸の谷間で絞めつけられるその肉運びはまさに絶品。

「完璧だぞ、ミラ……!!」

直樹は喘ぎ声で、健気な従者のパイズリをねぎらう。

そして、三番目のティアーネは……。

「うおおっ……すごっ」

直樹の脚を大きく開かせて抱え込み、自分の膝にお尻を乗っけさせてのパイズリだ。

仰向けで腰を浮かして竿を突き出すという変態的な姿勢というだけでもスケベな気分になるのに、そこに覆いかぶさる下乳の重厚な柔らかさもたまらない。

(なんだこりゃあ……!?　ふっ、ふわふわするぅ～)

むちゅ、むちゅ、むちゅ、むちゅ！

「あぅぅっ、おっ、おっ……いいっ！　いいぞ！」

彼女もやっぱりナタリヤに触発されたのだろう。負けじと工夫した挙句の、ティアーネスペシャルだ。じっとりと汗ばむ柔肉のぬめりの中で、直樹の肉棒がびくびくと蠢く。

「あっ……勇者様……♡　今にも出しちゃいそうですね……♡」

「ちょっと、ちょっと！　まだ私がやってないでしょーが！」

順番待ちだったリュゼが慌てる。

それを見てナタリヤがクスクス笑いながら直樹をたしなめる。

「もう……ダメよぉ♡　せっかく皆が奉仕してあげてるんだから……♡」

「で、でも、こいつら、ナタリヤさんに刺激されて……いつもと違うんです……うああっ、新鮮だし気持ち……いいっ！　全部ナタリヤさんのせいです……よぉ……おおっ」

「あらあら♡　上手いこと言うのね♡」

背後から胸に挟んでいた直樹の頭をナタリヤがよしよしと撫でる。

そして、ようやくティアーネと入れ替わったリュゼが、肉棒の前にスタンバった。

「フンッ……私だけなにもしないのは癪だからね……」

ペロリと可愛く舌なめずりし、やおら肉棒を挟み込む。

（おっ……これは割と正統派……？）

と、思いきや、左右の乳を交互に上下させてのエロすぎる揉み込みが始まった！

「うっ……あ……ちょ……は、激しすぎっ……!!」

「ほーら、情けなく感じてる顔、見せなさいよ♡」

リュゼは昨夜のプレイのお返しとばかりに辱めてくる。

が、悶える直樹の姿に堪えきれなくなったフィリアとティアーネが黙ってはいなかった。

前から右から左から、むにゅむにゅと肉棒に押し寄せるトリプルおっぱい。

「あっ、ちょっと！ 邪魔しないでよ!!」

「ふふ……♡」

「勇者様は皆にされるのがお好きですし……」

「あぁ、もう……」

美女三人からの極上奉仕。更にはナタリヤとミラに寄り添われるこの状況。

(せ、せっかくだから……全部のおっぱいを同時に愉しむぞ！)

直樹は大股開きで三人分のおっぱいにチンコをあやされながら、手を伸ばし、大の字になってナタリヤとミラの乳も揉む。これで五人。クインティプルおっぱいプレイだ！

(こんな経験ができる男、そうそういないぞ！)

そう思ったのは召喚されてから何度目だろうか。最高。最高。最高だ。

「なによー、気持ち良さそうにしちゃって……」

「勇者様……あっ、んぅっ……こ、声が出て……しまいます……」

「ああん、さすがよぉ♡　もっと、もっと強く揉んでちょうだい……♡」

「オチンチン、びくびくしてきましたね♡」

「いいですよ、勇者様……♡　いつでも遠慮なく出してください……♡」

至福のおっぱいタイムもそろそろ、これ以上我慢できなくなりつつあった。

柔らかな乳房だけでなく、尖った乳首が裏筋やカリ首にときどき当たるのが反則だ。

気持ち良すぎる。直樹の手の中のミラとナタリヤの乳首もコリッコリに硬くなっている。

それを指でつまんでやれば悩ましい喘ぎがこぼれ、ますます興奮が加速する。

「うっ……うっ‼」

ついに、肉棒が断末魔の悲鳴を上げた。

ぶるりと脈打ち、乳房に埋もれた亀頭の先から噴火の如く白い溶岩が迸る。

どぷっ……びゅるるっ、びゅるるるるるるるるるるるぅっ！

「ひゃあっ……♡」

「あふぅっ……♡」

パイズリ組の顔とおっぱいに降り注ぐ勇者のザーメン。

「いっぱい出ましたね……♡」

白濁を顔に受け止めたフィリアが満足そうに言う。

こういうとき、彼女はいつもちょっと得意げだ。

荒い呼吸に上下する自分の乳房に飛び散った白濁をじっと見つめているティアーネは、いやらしい光景に妄想をはかどらせているのだろう。

そして、胸の谷間に糸を引く精液を指ですくって舐める、うっとりした顔のリュゼ——と、ナタリヤが彼女に言った。

「リュゼさん……♡　そのまま押さえていてもらっていいかしら？」

「え？」

「精液こぼさないようにね……♡　ふたりで綺麗にしてあげましょ、ミラさん♡」

そう言って誘ったミラと共に四つん這いのドッグスタイルで直樹のペニスに舌を這わす。

ナタリヤは顔を寄せ、まずはとリュゼの谷間に溜まったザーメンを啜った。

「んっ……久しぶりね、この味……♡」

それから、情熱的に舌を動かして直樹の肉棒を綺麗に舐め上げていく。

それに倣ってミラも舌をチロチロと泳がせる。ダブルお掃除フェラ！　いや……リュゼまでもが挟み込んだ亀頭の先を口へと含む——トリプルお掃除フェラだ！

ねっとりと艶めかしいナタリヤの舌先。汚れを丁寧に舐めとろうとする献身的なミラ。

そして、鈴口から残り汁を吸い出すリュゼの貪欲なおしゃぶり。

ちゅず、ちゅっちゅっ、ちゅぱちゅぱ、ちゅぽぉっ……ちゅちゅちゅ、ちゅずるるっ！

スペルマクリーニングの唾音(つばおと)が部屋を満たす。

大の字で寝転ぶ直樹の眼前には、いやらしく揺れ動くナタリヤとミラの高く掲げた尻。

「っ……こんなことされたら……も、もう我慢できない……」

直樹は欲望のままにミラとナタリヤのショーツを引きずり下ろした。

ぐちゅうっ……

指を入れると、ふたりの秘裂はどちらもびしょ濡れで、易々と肉襞(にくひだ)が拡がる。

「ああっ♡　はぁっ……ああっ♡」

「く……うう っ、勇者様……」

膣内を掻き回されて切ない声を上げながらも、休むことなくフェラを続ける彼女たち。

「そろそろ挿れていいっすよね、ナタリヤさん……」

「いいわよ、そのまま寝てて……」

ナタリヤはショーツを脚から抜くと、乱れた衣服をすべて脱ぎ去り直樹の上に跨(また)がった。

流れるブロンドの髪、豊満な双乳、なだらかな下腹、眩しい太腿、汗ばむ秘所——

一糸纏(まと)わぬ姿を惜しげもなくすべて見せてくれる、向き合っての騎乗位をとり、恥毛を撫でるように指を這わせて女性自身へと肉棒を招く。

ぐっ、ぐぐっ……みちみちっ……

牝肉が徐々にこじ開けられ、そして、最後にベッドが大きく軋んだ。

ぎしぃっ……

「んっ……♡　んんぅぅっ……♡」

完全に腰を落としきったナタリヤの喉奥から満ち足りた官能の呻きが零れた。

「あぁ、これ……これが欲しかったの……♡」

切なく眉を寄せ、肩を震わせ、じっくりとチンポの感触を味わう。

剛直を根元まで呑み込んで密着させたままグリグリと腰を動かし、膣内で当たる場所を探しながらも、彼女は軽くイッているようだった。

膣肉が時折、ぎゅんっ、ぎゅんっと小刻みに痙攣するのでそれがわかる。

「あなたの精液のおかげで身体もどんどん熱くなってきちゃった♡」

「お……俺も……凄く気持ちいいです……」

「無理に動かなくてもいいわよ……♡　全部私がやってあげるから……♡」

そう言ってナタリヤは身体を倒し、直樹を抱き締めた。

「五人も相手にするんだから……体力は温存しなくちゃね……♡」

口を吸い、乳房をこすりつけ、そうしながらも腰遣いはときに前後にときに円を描きと、留まることを知らない。

激しいグラインドの度にベッドがギシギシと音を立てた。

「はぁっ……♡　はっ……♡　奥までちゃんと届いてるわよ……♡　あなたのオチンチン、とてもいい子……♡　相変わらずガチガチね……♡」

ずっ、ずっ、ずぷ、ずぷっ、ぱん、ぱん、ぱんっ！　たぷ、たぷ、たぷんっ！

直樹の顔面にずしりと乗っかる乳房、何度も何度も跳ねる尻。

甘やかな膣肉の熱と、とろけるような柔らかさが肉棒を繰り返し行き来する。

頭がクラクラするほど気持ちが良い。何も考えられなくなってゆく。

「ふふ……♡　もうかしら……？　いいわよ、我慢しないで。ほら……♡」

直樹の高まりを感じ取ったナタリヤが膣奥までを締め上げて、子宮口を叩きつけた。

ずぷ、ずぷ……ぱちゅんっ！

全部やってあげるという言葉通りだ。導かれるまま、子宮の中へと熱濁が発射される。

どぷんっ！　びゅるっ、びゅるるるっ……どぷどぷぅっ！

「うあぁッ」

「あああああっ……♡　あぁ～♡　こっ、これぇ……♡」

歓喜の悦鳴を上げてナタリヤは、直樹の首を掻き抱いたままアクメした。

直樹も、ぶるぶると震えるその背を強く引き寄せる。

射精が止まるまでのしばらくの間、ふたりは抱き合ったまま互いの呼吸を重ねた。

「うっ……う……す……すみません、もう出しちゃって……」

「いいのよ、遠慮しないで……♡　それより、ちゃんと全部出しきりなさい……♡」

身を起こすと直樹の手を取り、乳房に押し当て再び腰を動かし出すナタリヤ。

今度はゆっくりとだ。膣内で愛液と精液がぐちゅぐぢゅと音を立てて混ざり合う。

すると、それに促されたかのように、射精管に残留していた二発目が吐き出された。

ぶびゅう……びゅるるる、びゅくっ、びゅくっ、びゅくくっ……

「んっ……♡」

密着を保ったまま、一滴も逃すまいと吐精を続けさせ、それからようやく腰を浮かした
ナタリヤだったが、それでもまだ肉棒を完全に引き抜こうとはしなかった。

膣内に収まりきらないザーメンが溢れ出るのをうっとりと眺める。

「まぁ凄い♡　こんなに出しちゃって……♡　でも……これならまだ続きをやれるわね♡」

そう言って貪欲に微笑むと、そのまま身体の前後だけを入れ替えて直樹に背を向ける。

そして、始まったのは膝のバネを使った躍動感のあるピストンだった。

「ああっ……！　ほら、すぐにこんなに硬くなって……あっ、ああっ……本当にいい子よ、
元気で素敵……♡　ああっ、またいっぱい出してちょうだい……♡」

ぱんっ、ぱんっ、ぱんっ、ぱんっ、ぱんっ、ぱんっ、ぱんっ！

「うっ……！　おっ、おぅおっ……！」

言われなくとも、この調子では次の射精も秒読みだ。

直樹を易々と白旗状態に追い込むその貫禄に、他の仲間たちも圧倒されて目を見張る。

「ごめんなさいね、独占しちゃって……♡」

「いえ……私たちはいつもしてもらっているので……」

どうにか答えることができたのはフィリアだけだ。

「よかったら皆も一緒にご奉仕してあげて♡　いっぱい気持ち良くなってもらわないと♡」

プレイを支配しているのは完全にナタリヤだった。

そのひと言で、みんなが一斉に直樹に群がる。四人による全身リップが始まった。

フィリアとリュゼが直樹の乳首を。

後ろから抱き締めてくれるミラは唇を。

ティアーネに至っては、挿入中の肉棒の根元を貪り舐める。

そこでも上手いのは、やはりナタリヤだった。

女僧侶の舌の動きに合わせて巧みに腰を上げ下げし、マ○コと舌のコンビネーションを途切れさせせない。ナタリヤの膣肉に沈んだ次の瞬間には、ティアーネの舌肉が舐め上げる。

「あぁーそれ……それ弱いんですよ……」

「あら……もうこういうのは経験済み？　入れられながら舐められるなんて……普段から贅沢なプレイを楽しんでいるのね……♡」

（い、いや……普段よりも、ずっと贅沢です……こんなの！）

「でも、これけだけ気持ちいいオチンチンなんだもの、激しくなるのも無理ないわ♡」

そう言うとナタリヤは腰の動きを速め、それにつられてティアーネも舌の回転も上がる。

ずちゅ、ずちゅ、れろれろっ…ぬちゅ、ちゅぱ、にゅく、ちゅる……

裏筋に絡みつくヒンヤリとした唾液、熱い舌先、めくり返る肉襞から伝わる温もり。

女の持つあらゆる温度が混ざり合い、直樹を次なる射精へ誘う。

「うっ‼　あっ……で、出る……‼」

ナタリヤは射精の気配を膣内で感じ取り、爆発の瞬間に思い切り腰を沈めた。

どぴゅっ！　びゅるるるるる、びゅ～～～～～っ！

「あっ……あぁ……んあっ♡　あああ……イクッ♡♡♡♡♡」

精液を注ぎ込まれた子宮でアクメし、絶叫と共にナタリヤはぐったりと倒れ込んだ。

さすがに連続二回は疲れたのだろう、忘我の境地で幸せそうに眼を閉じている。

直樹も同じ思いだ。放心してしまいそうなほど気持ち良い射精だった。

だが、休息にはまだ早い。

「そろそろ交代ですね……♡」

「ちゃんと私たちの相手もしなさいよ？」

今度はフィリアとリュゼが、潤んだ瞳で直樹を見つめて催促するのだった。

そこから、いつもの四人との組んずほぐれつの大乱交となった。

ここからが本番だ。精液の催淫効果が出始めて、みんな積極的に求めて来るからだ。

フィリアからは同じ体位をとせがまれて、背面騎乗位で挿入してやる。

チンポを舐める係はミラにする。

遊び心もあり、大胆に動きたがるフィリアと、拙いが懸命なミラのコンビは、先ほどのナタリヤ・ティアーネ組と比べると粗削りだったが、それもまた良い。

されるばかりだった直樹も、今度は自ら突き上げを加える。

髪を撫で、胸も揉んでやると、ますます女体の反応が良くなっていく。

「んっ……♡　はぁっ……はっ♡　イキますっ！　勇者様……あああっ、いっ、いくっ♡」

フィリアの膣内で出した後は、ミラに咥えさせて飲み干してもらった。

その次はリュゼだ。

我慢できなくなっていきなりしがみついてきたので、そのまま持ち上げて駅弁で貫く。

「あんぅっ……やぁ、これっ……ふ、深いっ……んあぁっ、くはぁぁっ♡」

頬をすり寄せ激しく密着するリュゼの、四肢のわななきを感じながら膣内射しをキメる。

三番目はミラにした。

「勇者様……どうぞ横になってください。私も……その、全部……して差し上げますので」

そう言って労わってくれたミラは、自ら騎乗位を望んだ。

明らかにナタリヤを見習うつもりのチョイスだ。

だが、彼女の場合は激しさを抑え、直樹を気遣うように優しくゆっくりと導いてくれる。

「あぁ……温かいです……はぁ……はぁっ……膣内に……たくさん……」

ゆったりとした射精が静かに子宮を満たすのを、目を閉じてじっくりと味わうミラ。

そして、最後は……

「よし、待たせたな、ティアーネ……」

「は、はいっ♡」

この間、直樹にずっと手マンされ続けていた彼女はもう完全に出来上がっていた。

すぐにでも挿れてもらいたいと内股をもじもじさせている。

「王都じゃあ、ティアーネとだけは、ふたりだけのエッチができなかったからな。その分、今日はイカせまくってやるぞ」

ミラとはお城で、フィリアとはお宅訪問で、それぞれ水入らずのエッチをした。

だが、修道院の寄宿舎暮らしのティアーネとは、そういう機会がなかったのだ。

「ちょっと！　それなら、あたしだってなかったわよ！」

聞き捨てならぬと、リュゼが横から口を出す。

「いや、お前とはちゃんと脱出後に……」

ふたりきりで仲直りのエッチをしたじゃないか！

と言いたいところだったが、どうやら別勘定のようだ。なかなか難しい。

「ま、まあ、いいじゃないか……細かいことは」

スルーを決め込む直樹。そこへティアーネがぴたりと身を寄せる。

「それじゃ、勇者様♡　一度、回復をいたしますね……」

そう言って呪文を唱え始める。

今日はナタリヤさんのおかげでご奉仕プレイが多かったから、まだ平気なんだけど。

と、言おうとして直樹は気づいた。

（……自分の番だからか！）

なかなか良い性格をしているが、そういうところが可愛らしいとも言える。

どうあれ、男に二言はなしだ。

魔法の力も加わっていっそう元気になった直樹は、ティアーネをベッドに押し倒した。

ここは正常位しかなかろう！　脚を開かせ股座に急降下だ。

ふっくらした肉づきの良いマ○コはすでにぐちょぐちょで肉棒をにゅるりと受け入れ、突き込む度にくぷくぷと音を立てて愛液を噴きこぼした。

どちゅ、どちゅ、どちゅ、どちゅ、どちゅっ！

のしかかり、由緒正しき種つけプレスで膣内を責め立てれば、ティアーネも渾身の力でしがみつき、直樹の情熱に身を任せる。

「あぁっ♡　んぅっ♡　ゆっ……勇者様っ♡　激し……すぎます……♡」

「イッていいぞ！　何度でもしてやるから！」

「んんぅ……♡　も、もう数えきれないくらい……イカされてますぅ……♡」

「おいおい、イクときはちゃんと言わないと駄目だろ？」

「でっ、でもっ……あぁっ、あぁあんっ♡　気持ち良すぎて、そんな余裕っ……あぁっ、ありませんっ！　んぁっ！　あはぁっ♡　あぁぁあぁぁんっ♡」

「ふーん、なら、もっと激しくするからな……」

意地悪を言って直樹は更に勢いをつけて腰を振り立てた。

ぱちゅ、ぱちゅ、ぱちゅ、ぱちゅ、ぱちゅ、ぱちゅ、ぱちゅ、ぱちゅ、ぱちゅっ！

「ああっ♡　だ、駄目ぇっ……駄目、ですっ……あっ、あーっ、あぁぁーっ♡　いくっ、いきますっ！　ああんっ♡　またいくっ……いきますっ、いくっ、イッてますぅっ！」

絶頂中に更に絶頂させられて、ティカーネは腰をガクガクと震わせた。

膣内もアクメでの収縮が一段、二段と重なってペニスを締めつける。

さすがに言われなくてもイッたとわかったが、絶頂を口で告げられるのはやはり格別だ。

「やればできるじゃないか……」

イキすぎて涙目になってしまったティアーネを褒め、その荒い吐息ごと飲み込むように口づけをしてやる——舌をねぶり、唇をねぶり、長くねちっこいエロディープキスを。

「勇者様……精子を……膣内に……♡　いっぱい出してください……♡」

熱い接吻に夢見心地になったティアーネが、ついにおねだりを口にした。

そして言葉だけでなく彼女のマ○コも、ひくひく蠢いてチンポを締めつけ、そう伝える。

「うっ……うぅ……!! よ、よし……わかった……いくぞ!」

直樹は挿入したままティアーネの両脚を掴むと、ぐいと持ち上げ思い切り前傾した。

「あっ……♡ んあぁ♡ あっ……あ……♡」

おっぱいに自分の膝がくっつくほどのふたつ折りで、挿入角度が変化した。

Gスポットを直撃され、ティアーネが悲鳴を上げる。

「あぁあっ、あぁっ! いっ、いってますっ! んあぁ、も、もうっ……あぁあんっ♡

イッて……いってますっ、からぁっ! だ、出してください! 勇者様のザーメンっ……

イキながら注がれたいですぅっ♡ あぁっ、あぁああっ♡ んぁあぁあぁぁぁぁあっ!」

どぷっ……びゅるるるるるっ、どぷ、どぷうっ!

絶頂する子宮に白濁が注ぎ込まれ、ティアーネは足の指先の一本一本を広げて痙攣した。

「あーいっぱい出た……。ドロドロだな、お互い……」

チンポを引き抜くと淫靡な熱気を放つ秘裂から決壊したダムさながらに精液が流れ出る。

ティアーネは恍惚として寝そべったままだ。

そのまま休ませてやることにして、直樹はベッドに腰かけるとリュゼの肩を引き寄せた。

「なぁ、もう一度、綺麗にしてくれよ」

「はいはい、しょうがないわねぇ……♡」

まんざらでもなさそうにベッドを降りると、リュゼは膝をついて直樹の股間に顔を埋めた。

じゅるっ……ちゅぱ、じゅるっ……じゅぷぷっ、ちゅぽ、ちゅぽっ……

彼女のフェラチオはその口の悪さに似合わず、仲間たちの中で一番熱がこもっている。

なんというか、真面目なのだ。

唇をすぼめて喉奥まで、じっくりと時間をかけて往復する。

口の中でもしっかりと肉棒に舌を這わせて快感を与えてくれる。

そこへ、フィリアとミラも加わって、またまたトリプルフェラ状態となった。

最初にしてもらった寝転がってのフェラも良かったが……ベッドに腰を下ろした自分の股間の前に女たちが膝をついて群がるというのも王様っぽくて気分がいい。

舐めながら上目遣いで見つめられるのも最高だ。

「みんな、エッチな顔してるぞ……もっとスケベな表情を見せてくれよ」

「ふぁ、ふぁによ、あんらほろじゃないふぁよ……」

リュゼの抗議もどこかおざなりだ。亀頭に鼻先を押しつけ熱心にしゃぶり続ける。

と、ナタリヤが横から抱きついてきた。

「そろそろ私もまた仲間に入れてもらおうかしら……」

そう言って直樹の顔を自分に向かせ、唇を奪う。

余裕ぶった口調のくせに、舌使いは徐々に激しく淫らな熱のこもったものになっていく。

「ふっ……んん……これ……は……刺激が強すぎ……！　ぐっ……！」

ちゅっ、ちゅっ、じゅるるっ……じゅるっ……れろれろ、ちゅぽ、ちゅぷぷっ！

チンポと唇に這う四人の美女たちの舌技の競演を堪能しつつ、直樹はナタリヤの股間へ指を入れ、秘裂をまさぐるのも忘れない。

クリトリスを撫でてやると、割れ目の奥から熱水がどんどん溢れて来る。

「ふふ……すっかり綺麗になったわね♡」

そして、リュゼたちがお掃除を終える頃、ナタリヤもようやく唇を離した。

「ええ……おかげでまたカチカチになりましたよ……」

「それじゃ……まだやれそうね♡」

「もちろんですよ……！」

ティアーネも復活して、これでまた五人が揃った。

ならば、やっぱりここはアレしかない。

「じゃあ、みんな、お尻をこっちに向けてもらえるかな……」

上体をベッドに預けて四つん這いとなってもらう。

端から順に、ミラ、リュゼ、フィリア、ティアーネ、ナタリヤ。

ずらりと並んだ裸体も壮観だが、後ろ姿もそれぞれで目を楽しませてくれる。

長身のミラは、やはり広い背中に流れる黒髪が艶(あで)やかだ。

体格の分、大きなお尻と長い脚も見応えがある。

リュゼはきゅっと締まった小ぶりの桃尻がエロくて魅力的だ。

スタイル抜群なのはフィリアで、細い腰から奇跡のような曲線を描くヒップの膨らみが強烈に女を感じさせる。

女らしいと言えばティアーネのお尻が一番だろう。大きさはその巨乳に負けず劣らず。むっちりとした太腿もいやらしい。

しかし、総合力では更に上を行くのがナタリヤだった。

清楚な雰囲気の滑らかな背に金髪を乱れさせ、尻を突き出しているだけで勃起ものだ。

若々しさと熟れた大人の魅力の両方を感じさせるその身体。

豊満さも、スタイルの良さも、ゴージャスさも、どれをとっても非の打ち所がない。

「あー……最高……やっぱ尻並べは興奮するなぁ……」

直樹はミラの尻を捉まえると、膝立ちとなって激しい突き込みを開始した。

突く度に黒い尻尾が目の前でパタパタと激しく振られる。

「一列に並べて全員とするだなんて……どこまでも欲望に忠実ね……♡」

「こうすると、勇者様すっごく頑張ってくれるんです♡」

期待汁を太腿に伝わせるナタリヤに、仲良く並んで順番待ちのティアーネが言う。

ふたりには悪いが、直樹はミラの膣内でペニスを抜かずに何度も何度も出した。

大好きなシチュエーションに、勃起が収まらないのだ。

「んっ♡　っ……♡　んんっ……ん……♡」

「ミラ、もう三回はイッてるでしょ？　声殺してもわかるわよ」

すぐ隣で待つリュゼが焦れた口調で言う。

ミラを貫きながらも手マンをしてやっていたが、さすがに長すぎたか。

「そっ……そんな……!!　あっ……♡　あ～……♡♡　あっあっ、んああっ！」

感じすぎて言い訳もまともにできなくなったミラが、また絶頂し、背を震わせる。

「うおっ……四回目……本当、イク度に良い締めつけするな、ミラは……」

肉棒が抜けた後に膣から垂れ落ちる精液も四回分だ。

ぼとぼと音を立てて床に水たまりをつくる。

両脚を弛緩させて突っ伏したミラを解放し、直樹は美尻のエルフの背後へと移動した。

「さあ、リュゼ……何回出して欲しいんだ？」

直樹はそう言って立ち上がると、のしかかる体勢でずぷんと突き立てた。

「ああっ、あああ、あぁ～～～～っ♡」

思い切り体重を乗せての抽送(ちゅうそう)に法悦の声が迸った。

リュゼは騎乗位好きで、普段のエッチではなにかと直樹に跨りたがる。

それだけに、ベッドに抑え込んで、おっぱいがひしゃげるほどの前傾バックの姿勢は、新鮮でもあり犯しているようでもあり興奮する。

ぱちゅ、ぱちゅ、ぱちゅ、ぱちゅ！　こつん、こつんっ！

怒涛(どとう)の勢いで子宮口を叩かれ、リュゼが掴むシーツには徐々に皺が寄っていった。

「んっ……♡　んっ……♡　あっ♡　あっ♡　あうっ♡　うっ♡　うんっ♡　あ～……♡」

「奥に当たって気持ち良さそうだなリュゼ……そんなに感度が良いとこっちまで……」

ぶぴゅっ……びゅくびゅくっ、びゅるるるるぅっ！

一発目を発射。そして、そのまま二発目へ。絶好調だ。

「んんんっ♡」

「うっ……すっげ締めつけ……!!」

亀頭がぶつかる度に開いていく子宮口とは逆に、膣口は貪欲にチンポに吸いついてくる。

マ○コの求めに応じて突き、出し、そしてまた突く。

「あああああっ♡　いくっ……くぅ……いくっ、んあああっ♡　いくぅぅっ……♡」

「はあ、はあっ……気持ち良かったぞ……」

全力でリュゼを満足させた直樹だったが、そうしながらも、隣のフィリアへの手マンも忘れてはいない。すっかりほぐれた女剣士のマ○コに疲れ知らずの勇者棒を潜らせる。

「あはぁっ♡　はーっ♡　はぁあっ♡　勇者……様ぁっ……♡」

「あぁ……こうしてると……崖崩れのときのエッチを思い出すな……」

山の岩場で誘われて、直樹にとっては初めての青姦——屋外でのセックス体験の相手はフィリアだ。あのときもこうしてバックだった。

「はっ……はいっ……♡　熱々の精子をいただきました……それに誰かに見られそうで、あっあっ……思い出したら恥ずかしくて……」

うねうねと肉襞が蠢き、いっそういやらしく肉棒に絡みだす。

「うっ……!!」

どぷ、どぷっ！　びゅくうぅっ！

直樹は我慢せず、快感のまま膣内にザーメンを放った。

一発だけで終わらす気はない。好きに射精するエッチを愉しむつもりだ。

そして、それはフィリアも同じだった。

「あぁっ♡　あぁっ♡　ああああぁ♡」

ぜいぜいと息を喘がせ、繰り返されるアクメに身も心も委ねている。

「あぁ……何度ヤッても最高だな……」

「んあっ♡　はいっ♡　私の身体……♡　気が済むまで何度も楽しんでくださいね……♡」

「ああ、そらっ……また出すぞ！」

「ああんっ♡　ど、どうぞ、存分に……あ、ああっ……いいっ……♡　いくっ、いくっ♡」

ぶびゅぶう、ぶびゅう、びゅぷるるるっ！

お言葉に甘えて、再びずぶずぶと肉棒を突き進め、とめどなく白濁を注ぎ続ける。

それでも、またまだ男根は萎えることなく硬度を維持していた。

(凄いぞ……レベルアップしてるのか⁉)

もともと、オナニストとして頂点を極めようとしていた直樹である。回数や持続力には敏感だ。王都での女騎士たちとの命懸けの８Ｐのときも頑張ったものだが——今夜はあのときを上回っている気がする。

この世界に召喚され、初めてセックスを経験したのと同じ寝室というせいもあってか、自身の成長がより強く実感できた。

(そういえば、あのときはリュゼに童貞なのを馬鹿にされたな……)

勇者の精液の催淫効果で際限なく求められて、ビビったりもした。それが今やどうだ、悲鳴を上げてチン負けしているのは彼女たちのほうなのだ。

「まだまだいけるからな……安心しろ、ティアーネ」

自信満々に次なる肉の割れ目に突入する。

「あっ♡　あぁっ♡　勇者様っ♡　また私に……ありがとうございますっ……♡」

待っている間、ずっとクリトリスを弄(いじ)って我慢していた彼女は、ついに本物で満たされ、歓喜の蜜汁を裂口から溢れさせた。

ずちゅ、ずちゅ、ずちゅっ……ぶちゅぶちゅぶちゅぅっ、ずちゅ、ぶちゅっ！

往復する肉棒とこすれる肉襞が立てる音があり得ないぐらいに卑猥（ひわい）だ。

浅く、深く、浅く、深く、そして、最奥（さいおう）に突き込んでは射精する。

どぷっ！　ぶじゅぶじゅ……更に、どぴゅぷうっ！　そしてまた、ぶちゅ、ずちゅっ！

正常位でも何度も出しまくった膣内に、またしても何度も何度も欲望を吐き出し続ける。

「いきますっ……ああ、またっ……♡　んあああっ……勇者様のせぇしぃ……何度出されても感じてしまいますっ……あんっ♡　ああっ、ま、またっ！　いっ……いきますぅっ♡」

直樹の発奮ぶりに、さしものナタリヤも目を見張っていた。

「本当に勇者様なのね、あなたって……♡」

「え？　いやー、勇者らしいカッコ良いこと、全然できてないですけど」

「そんなことないわよ♡　頼もしいわ……」

そう言って、彼女は潤ませた目を細め、お尻を持ち上げて誘いをかける。

「さあ、その逞（たくま）しいもので私を貫いて……♡」

「うおおおっ！　ナ、ナタリヤさんっ！」

ずぼぉっ！

直樹は感激に震える灼棒を一気に膣内へと深く沈めた。

両腕を掴んで豊満な美尻を身体ごと引き寄せ、叩きつける。

「んあぁっ♡　凄いわ……♡」

抉(えぐ)り込まれてナタリヤが大きく仰け反った。

ピストンの律動に合わせて、金髪がその背に揺れる。

「これだけ出したのにまだカチカチ……♡」

「はいっ……頼もしいなんて言われたら、萎えてなんかいられませんよ！」

柔らかく、熱い蜜壺の絡みつく感触に、早くも射精欲求が高まる。

「また私に精液注いでくれるのね……♡」

「もちろん……今日は一晩中ヤリ続けますよ!!」

「ふふ……♡」

張り切った答えにナタリヤは微笑み、直樹に頬を寄せて囁いた。

「そんなにされたら……本当に妊娠しちゃうかも……♡」

「ナタリヤさん……!!」

「そしたら……私も寂しくなくなるわね……♡」

「……！」

途端に直樹の股間が熱く燃え上がった。

そんなことを言われて滾(たぎ)らない男がいるだろうか。絶対に孕(はら)ませてやる！

その想いで射精をこらえ、必死になって腰を振る。

ナタリヤも狂喜して尻を乱舞する。

「あっ♡　あっ♡　あっ♡　凄い……！　凄いわ！　んはぁっ♡　前とは全然違う……♡　素敵よ……あ、ああっ♡　ナオキ君のオチンチンは……本物の勇者のオチンチンよぉっ♡　嬉しいわ、あなたが帰って来てくれて嬉しい♡　また会えて嬉しい……あっ、あぁぁっ♡」

「俺もです！　いっぱい、いっぱい出してあげますから！」

「ああっ、ああああぁっ……♡　んあああぁああぁぁあっ……♡」

ナタリアが大きく喘いだ。

どうやらイッたらしい。びくびくと肩を震わせ。首を落とす。

だが、直樹は手を緩めない。

アクメ直後の性感の増したこのときこそ、連続でイカせる絶好の機会。二度目の絶頂を狙って激しく下から上へと突貫する。

ずぶっ、ずぶっ、ずぷぷっ！　ずぼずぼずぼずぼずぼずぼずぼずぼずぼずぼぉっ！

怒張を咥え込んだ愛の入り口から飛沫となって蜜が散る。

「あっ♡♡　んあ♡」

もう顔を上げていられなくなったナタリヤは頭をベッドに押しつけて全身を丸め、お尻だけを思い切り突き出す格好となっていた。大きく開いたガニ股が最高にいやらしい。

「それじゃあ、ありったけの精液出すんで……!!　俺の子供孕んでくださいね!!」

「出して……ああ、もうっ……い、いくっ……いくわ、いくっ、いっく、いくうぅっ……

は、孕むわ……いっぱい出してナオキ君の赤ちゃん妊娠させてっ♡　あ、あああんっ♡

出して……あああんっ♡　はうっ♡　んぅんっ♡　出してっ……出してぇっ♡♡♡」

「出るっ……!!」

直樹はナタリヤの骨盤をがっしりと掴み、肉棒を根元まで深々と刺し貫いた。

同時に大噴出する熱の濁流。

びゅぱっ……びゅぷ、びゅるるっ、びゅううっ、びゅ――――ッ！　どぷんっ！

「あっ♡　あーっ♡　イクッ♡♡　んあああああっ♡♡　いくうぅぅぅぅぅーっ♡」

絶頂と共に子種を受け止めたナタリヤの全身が艶めかしく痙攣する。

「あー気持ち良すぎ……精液が止まらない……」

びぶぶ、びゅぶ、ぶるるる、ぶっぴゅ……どくどくっ、びゅうううっ！

注いでも注いでも、ザーメンは出続けた。その勢いも凄まじく、射精と共にピストンはすでに止めていたが、流れ込むザーメンが、肉棒による抽送と代わらないぐらいの快感をナタリヤにもたらしていた。

「こ、こんなに長く……あっ……♡　はあっ……あっ♡　あ～～♡」

一分ほども続く全力の射精を遂げると、直樹はナタリヤの背中に倒れ込んだ。

ふたりで重なって余韻に浸りつつ、熱を帯びた身体を冷ます。

膣内ではまだ肉棒がびゅくびゅくと残り汁を吐き続けている。

（驚いたな……気持ちが入ると、ザーメンの量も増えるのか）

オナニーでもお気に入りのズリネタでは沢山出せたものだったが、ここまでとは。

「おっ♡　奥にねじ込んだまま……♡　こんなにいっぱい……♡」

ナタリヤも放心状態で、呆れるほどの射精量に目を回していた。そして、呟く。

「本当に……赤ちゃん出来ちゃうわぁ……♡」

そのまま彼女はフィリアたちと同様、がくりとベッドに突っ伏した。

「ふう……」

温かい膣肉に名残りを惜しみつつチンポを引き抜く。

直樹は改めて成果を見渡した。

山脈のように連なる突き出されたままの五つの美尻。

それぞれの裂け目からは、ザーメンがぼとぼとと流れ落ち、さながらナイアガラ。

素晴らしい眺めだった。

「尻並べに勝る景観は、事後の尻並べだけ」とはよく言ったものだ。（言ってない）

しかも、夜はまだ始まったばかりなのだ。

「ちょっと休憩したら、また続きだ。今日は……一晩中ハメまくってやるからな……」

そう言って精液と蜜汁にねっとり塗れた肉棒を差し出すと、ナタリヤたちも起き上がり、ねぶり奉仕をまた始めるのだった。

そして、翌日——

「……君……ナオキ君……」

「う……」

呼ぶ声に目を覚ますと、ベッドの脇でナタリヤが優しく見つめていた。

着替えて、ちゃんとした格好をしている。すでに部屋には陽が射し、ずいぶんと明るい。

フィリアたちの姿もない。

「……みんなは？」

「もう外で出発の準備をしているわ。ナオキ君はもう少し寝かせてあげようって。でも、そろそろ支度も終わりそうだから呼びに来たのよ」

「そうですか……」

(ナタリヤさんとのエッチは、あれで最後かぁ……)

残念だが、しかたない。

と、そう思ったとき、ようやく、直樹は股間を這う指先に気づいた。

「って、えええっ⁉　ナタリヤさん⁉」

彼女が直樹の肉棒を根元から先まで名残りを惜しむようになぞっているではないか。

「ふふ、ナオキ君の朝勃(だ)ち……凄いんだもの。いけないい気分になってしまったわ」

そして、前をはだけて両の乳房を直樹の目の前に差し出す。

「昨夜は楽しかった……でも、まだ足りないみたい。はしたないかしら？」

「そ、そんなこと……！　俺だって、ナタリヤさんともっとしたいですよ！　今日でまたお別れだなんて嫌だなって思ってたところです！」

言うなり直樹はおっぱいに吸いついた。

寝ころんだまま首だけを横に向けて、んぐんぐと授乳のように乳首を吸う。

「あっ、ああんっ♡　あんなに注いでもらったから、母乳が出ちゃうかも……」

「ナタリヤさんのミルク……飲めたりしたら感激ですよ」

さすがにお乳までは出なかったが、むわりと鼻先にたち込める乳香と温もりには童心に還らせるものがある。

「ああ、落ち着く……チンコもそのままなぞって……ううっ、そう……」

授乳手コキ要求にも、はいはいと頷いて続けてくれるナタリヤ。

「オッパイ吸わせてる間にしごいてだなんてずいぶん甘えん坊さんね。こういうプレイが好きならもっと早く言ってくれれば良かったのに♡　ほら……好きなときに射精しなさい。全部お世話してあげるから♡」

彼女も、赤ん坊をあやす態度を楽しんでいるようだ。

その優しい手つきから母性を感じる。

（ああ……たまんない！　赤ん坊って最高だな……）

それならもっと赤ん坊っぽく欲望に忠実になってやれと、直樹は乳輪ごと食む勢いで、乳首を吸い始めた。

「あッ♡　ダメッ♡　そんな勢いよくチュパチュパしちゃ……♡」

途端にナタリヤが切なく顔を歪める。

さっきまでの余裕はどこへやらだ。育児も楽ではないということか。

「……む、胸だけでイッちゃうでしょぉっ……♡　あっ、あんっ……♡　んあっ！」

思わず握りしめてしまった肉棒から、天井に届きそうなほど飛び出す精液。

最高のお目覚め射精だ。

「ああ、夢のようだ……」

「夢じゃないわよ！　いつまで寝てんの、出発するわよ！」

「へ？」

気づくと、目の前にいるのはリュゼ。もちろん、裸でもなんでもない。いつもの旅装だ。

「あれ？　ナタリ……ヤさん？」

「うわ……壮絶に寝惚けてる……どーせエロい夢でも見てたんでしょう！」

乳首に吸いつくポーズで固まっている直樹に向けられるいつもの侮蔑の眼差し。

「マジで夢か……いいとこだったのに」

それにしても、授乳プレイの夢とは。

昨夜の孕ませ種つけプレイに燃えたせいだろうか。きっと、そうだ。

「しまりのない顔しちゃって……本当にスケベね」

ほとほと呆れ果てたという顔でリュゼが言う。

が、図星なので言い返しようがない。布団をめくると、夢精もばっちりキメていた。

リュゼも気づいて眉をひそめる。

「昨日あれだけしたってのに……」

「あ、あのさ、リュゼ」

「なによ」

「これ、綺麗にしてくれないか？」

「……出発だって言わなかったかしら？」

直樹をジロリと睨みつけ――しかし、リュゼは少し顔を赤らめると呟いた。

「い……いいけど？」

身支度を済ませて玄関に向かうと、すでに馬車には荷が積み込まれていた。

みんなも揃っている。ナタリヤもだ。

「ナオキ君、おはよう。でも、もう行ってしまうのね……」

やはり、その顔は少し寂しげだ。しかし、彼女はすぐに明るい表情を作った。

「来てくれて嬉しかったわ」

「はい……こちらこそお世話になりました」

「昨日はいっぱいありがとうね……♡」

「いや、はは……あんなこと言われたんでつい……」

さっきの夢を思い出して、直樹は顔を赤らめた。あのプレイ、今度ここを訪れたときには是非ともしてもらおう。

ナタリヤもはにかんだ微笑みを返してくれた。

「でも、人間の貴方がエルフを孕ませるには……根気よく何度もやらないとダメね。次に来たときはまた続きをしましょ♡　子作りの続きをね……♡」

そう言って、軽くお腹を押さえてみせ――冗談めかした口ぶり。

だが、彼女の頬にさした赤みは、それが本心であることを物語っていた。

ハートを撃ち抜かれた直樹は、手を取る勢いで詰め寄った。

「ナ、ナタリヤさん!!　俺、絶対に戻って来ますから!!」

「あらあら♡」

と、いつまでもやっていそうな直樹の背に、リュゼの蹴りがお見舞いされる。

「……さっさと準備しなさい、バカ勇者!!」

山あいの隘路を街道へと馬車が進みだす。それを崖の上から見下ろす女がふたり。

「ふーん、人間のくせにやるじゃない……アイツ、圧倒されるかと思ったら、それ以上にやり返してくるなんて。さすがは勇者といったところかしらね」

ふたりのうち、小柄で髪の短い方が言う。隣のもうひとりは背が高く髪も長い。

どちらも顔立ちだけ見れば若い美女。だが、その頭に生えた角、ゆらゆらと揺れる長い尾は明らかに魔族のもの。なにより、着ているものといえば裸同然の――わずかに局部を覆うだけというボンデージであり、まともな人間ではおよそあり得ない格好だった。

それは、彼女たちが魔族の中でも更に特殊な――ある種族であることを意味していた。

「小手調べだったけど、本番じゃあこうはいかないわよ……」

「……」

またしても返事はなかった。だが、言葉を発した小柄な方の女は気にする風もない。

どうやら、相方の無口はいつものことのようだ。

そこに斥候の蝙蝠がパタパタと羽音を立てて帰ってくる。

「さ～あ、追うわよ～。今度はふたりがかりで……」

蝙蝠を肩に掴まらせると小柄な女魔族は不敵な笑みを浮かべ、ペロリと唇を舐めた。

「……堕としてあ・げ・る♡」

第三章　襲撃！　サキュバス姉妹

「おぉー！　なんかスゲーなこの街！」

通りを行き交う買い物客や商人たちの雑踏に、直樹は興奮しまくっていた。

フスの村から数日かけて、ついに到着した目的地、リハネラ。

商業の街だというから多少は想像していたけれど――これほどとは！

その雰囲気をひと言でいうとバザールだ。

街の入り口で馬車を預け、宿の前まで歩いてきたが、大通りはもちろん、路地の奥に至るまで屋台や商店が軒を連ねている。

売られているのも多岐にわたり、しかも大量だった。

色とりどりの衣類を吊り下げている店。大きな籠に肉や魚や香辛料を山と積んだ店。

美味そうな串肉や香ばしい揚げ物、ピカピカした飴細工のお菓子などを売っている屋台。

果物、雑貨、宝飾品、挙句には鳥や猿などの小動物まで。売っていない物はないぐらいだ。

そこら中から客引きの声、値切りの交渉が聞こえ、大道芸人までいる。たいした喧騒だ。

「レスブールとはまた違った活気だな！」

「ここは港町ですから、世界中の名品珍品が集まってくるんですよ」

「なるほど……あのムカデもすぐに売れちまったしな」

百足の甲皮と脚は、到着してすぐに素材商を見つけて買い取ってもらうことができた。

しかも、そこそこ良いお値段で！

というわけで、潤沢な資金を得て節約生活ともおさらば。直樹のみならず、仲間たちも皆、どこかウキウキした顔つきだ。

「さて、追手もいないみたいですし、今日は自由行動で買い物でもしましょうか」

「おぉ!!」

フィリアの提案に直樹もガッツポーズで賛意を表す。

「剣の修理をしたいわね」

「鍛冶屋行くなら付き合うわよ。私もちゃんとした弓を買わないとだし」

フィリアとリュゼはやはり武器が気になるらしい。

「私は馬車の買い替えを……」

「え？　新しいのを？　さっき、修理に出してたんじゃ……？」

御者まで雇えるというよろずの馬車屋でなにごとか交渉していたのでそう思ったのだが。

「気にいった馬車が見つからないかもしれませんし、売るにしても修理が必要なままなら、結局、その分のお金は払わなければなりませんから」

「ああー、そっか。ミラはしっかりしてるな！」

「そんなことは……」

「しっかりしてないのはアンタだけよ」

「そんなことないだろ。まあでも……装備の準備とか、まさにＲＰＧだな！」

リュゼの嫌味も軽やかにいなして直樹は胸を躍らせた。

ワクワクしてきた。気分がノッてくる。

「なぁ、俺も一応、武器とか持ってもいいんじゃないか？」

勇者なのに手ぶらというのも様にならない。

今まで機会がなかったが、いよいよ念願を果たすときがきたようだ。

が——

「なーに寝言いってんのよ。アンタは宿で文字の勉強をしてなさい」

「なっ⁉」

直樹の鼻先にリュゼが本を突き出す。

開くと、文字の綴り方や、動植物の挿絵に単語が添えられていて語学の入門書のようだ。

「い、いつの間にこんなものを……⁉」

「女将さんの心遣い。これで字を憶えるといいですよって！」

「ナタリヤさんが……ううむ」

それは嬉しいけれども……けれども！

実に複雑な気持ちだ。

そんな直樹をリュゼが諭す。

「いい加減、読み書きが出来ないと不便でしょーが。そもそも、お金は手に入ったけれど無駄遣いをしている余裕なんてないのよ」

勇者なのに剣を持つのが無駄って！

なんか物凄いことをサラッと口にされた気もするが。それでも言いたいことはわかる。

（うう、しかたないか……）

「ゆ、勇者様、私がちゃんと教えますから……」

うなだれる直樹を不憫（ふびん）に思ったか、ティアーネがいつものように慰める。

どうやら、彼女は特に買い物の用事はないらしい。

「それでは夕方までに帰ってきますので」

「さーて、久しぶりに買い物で息抜きといきますか！」

「ティアーネさん、勇者様の護衛、よろしくお願いいたします」

観念した直樹を尻目に残りの三人が連れ立ってゆく。

「はぁ……まさか、こっちでも勉強が必要とは……」

その後ろ姿を恨めしそうに見送る直樹をティアーネが励ました。

「頑張りましょう、勇者様！」

そして、宿屋の食堂にてテーブルに本を広げての読み書きの練習となったわけだが――

ほどなくして直樹はあることに気づいた。

「やっぱり、なんかおかしいぞ」

「な、なにがですか？」

隣に付き添うティアーネが、少し顔を赤らめながら訊き返す。

「さっき、教えてもらった言葉……これだろ？」

そう言って、直樹は紙に書き取った文章を指した。

「今から読むから、繰り返して同じように口にしてくれないか？」

「い、いいですけど……」

ややためらいを見せつつも、頷く彼女に向かって直樹は文字を読む。

「ワタシハ」

「私は」

「オナニーガ」

「オ、オナニーが……」

繰り返すティアーネの頬が急速に赤みを増していく。

「ダイスキデス」

「勇者様の興味のあることなら身が入るかと思って、どう書くかお教えしたのに……私を恥ずかしがらせるためだったんですか⁉」

顔を真っ赤にしたティアーネが、他の客を気にして声を潜める。

「周りに人もいるんですよ⁉」

「いや、ダイスキだろ？」

「ちっ、違います！」

「ち、違う！　そういう意味で大好きだろって言ったんじゃなくてだな！」

どう見ても語学学習にかこつけてのセクハラ・リピート・アフター・ミーだったのだが。

しかし、今回に限っては直樹にそんなつもりなどなかった。

「違うんだって……今さっき、それをどう書くのかティアーネに尋ねたろ？」

「はい……それで、私がお教えして、それを勇者様がそこに書いて……」

「で、書いた字を、教えられた発音の通りに読んだわけだよな」

「ええ、ちゃんと正しく読めてましたけれども……」

「だけど、今、繰り返してティアーネが口にしたのは、違う発音だったんだ」

「えっ？　どういうことですか？　確かに最後のは……言いませんでしたけど」

「それは置いといて」

例文が悪かったと反省しつつ、直樹は単刀直入に言う。

「正確に言えば、俺の元いた世界の言葉で聞こえているんだ」

ティアーネは意味がわからず、キョトンとしたままだ。

「だから、その、なんだ……えと、口と耳が一緒じゃないっていうか」

直樹は困って口ごもった。どう説明したらいいんだろう？

が、ティアーネが頭の回転の速いところを見せる。

「お互い違う言葉を喋っているのに相手の言葉で聞こえているっていうんですか？」

イグザクトリィ！

そのものズバリの理解に思わず膝を打つ。

「そう、それっ！　そうだよ！　そういうこと！　さすがだな！」

「いえ、勇者様もよく気づきましたね……」

「不思議だよな、こんなことあり得るのか？　どういう原理なんだ？」

さっぱりわからん。

でも、魔法があるぐらいだから、これぐらいのことはあってもおかしくなさそうだ。

「そうですね……確かに不思議ですけど」

と、前置きしてティアーネが考えを述べる。

「例えば夢の中では外国人や違う種族……ときには動物とだってお喋りできたりするじゃないですか。それと似たような原理なのかもしれませんね」

「ええっ⁉　じゃあ、今までのことも全部……夢⁉」

そんなの嫌だ！　という直樹の表情が必死すぎてティアーネはクスリと笑った。

「安心してください、現実ですよ。ただ、魔族には夢を使って他種族と意思疎通する者もいるというのを思い出したので……それと同じような力が働いているのかもしれませんね。なにしろ、勇者様は特別な存在なのですから」

わかったような、わからんような。

（とにかく、なんでもアリなんだな……）

ということにして、直樹はそれ以上、深く考えないことにした。

「さあ、勇者様、続きを……でも、もうエッチな言葉の読み書きはなしですよ！」

「だ、駄目なのか⁉　ティアーネにスケベワードを言わせるの、割と興奮したんだが」

「やっぱり、私を恥ずかしがらせて喜んでたんですね……」

そこからは真面目な言葉しか教えてもらえなくなってしまった。

そうなると、生まれてこのかた、エロ本か漫画ぐらいしか読んだことのない直樹である。

書き取りをしながらも、こくりこくりと首が揺れ始める。

「勇者様……もしかして勉強は苦手ですか？」

「あぁ……ただでさえ文字を読んでると眠くなるのに、全然知らない文字となると……」

「てっ⁉　本当に寝ないでくださいよ‼」

言ったそばからテーブルに突っ伏され、慌てたティアーネに揺り起こされる。

直樹は頭を振って目をしぱしぱさせた。

(連日、夜遅くまで頑張りすぎたか……)

フスの村からは街道直行だったので安心して夜を過ごせた。そのせいもあって……まあ、ハッスルしまくったというわけだ。

ハーレムプレイは最高だが、たまには休まないといけないのかもしれない。

「すまないな、ティアーネ……せっかく教えてくれているのに……」

「い、いえ……ではもう少し簡単な本で勉強しましょうか」

と、ティアーネが出したのは入門書ではなく、大きめの字で書かれた物語だった。

「しかし、ナタリヤさんはなんでこんなのを持ってたんだろう」

「詳しくは聞いてませんが……もともと、あの村ではなくエルフの里の生まれだそうですから、自分が勉強するのに使っていたんじゃないでしょうか。種族が違うと、喋る言葉は似ていても、使う文字が違うということはよくあります」

「へぇー」

その解説ぶりに、またまた感心させられる。

「物知りなんだな。教え方も上手いし。ほら……けっこう読めるようになってきたぞ」

開いたページに書かれた単語を拾い拾い、たどたどしいながらも発音してみせる。

すると、ティアーネは嬉しそうに笑った。

「お上手ですよ、勇者様！　実は私……修道院ではよく子供に教えていたんです」

「へぇ…先生か。ティアーネ、頭良いもんな」

「いえ、そんな……エカテリーナ様に比べれば……」

「エカテリーナさんも？」

「そうですよ、王女様の家庭教師をなさっていたんですから！」

ティアーネの憧れるような顔つき。

思慮深きレスデアの聖女には直樹もお世話になった。さもありなんだ。

「そりゃ確かに……でも」

マリィのあの性格では教育失敗だったのでは？　と、言いたくなったのを呑み込む。

「ええと、その……ティアーネだって負けてないと思うぞ」

「私は小さい頃からずっとひとりで勉強ばかりで……」

幼い頃に思いを馳せるような顔をして、肩をすくめるとティアーネは微笑した。

「取り柄といったらこれくらいなんです」

「でも、討伐隊に選ばれるくらいだから優秀だったんだろ？」

「それは、エカテリーナ様に自分からお願いしたんです。魔術や魔族に関する知識を少しでも役立てたかったので……」

「へぇ、凄いな……」

「初めは不安でした。でも、少しずつ自信がついてきたんです。それもみんな、勇者様のおかげで……」

と、お礼を口にしようとして、その勇者様がいつしか卓上にバタンキューしているのにティアーネは気づいた。

「もう。勇者様ったら……」

ため息をつきながらも、熟睡する直樹を起こさず部屋へと運ぶため、宿屋の誰かの手を借りようと彼女は席を立った。


「はっ⁉」

目覚めると直樹はベッドの上にいた。

(あれ……どこだ、ここ？)

窓の外から聞こえる遠い波音に、港のある商業の街リハネラであることを思い出す。

「いつの間に寝てたんだ……？」

しっかりと布団もかけてある。

どうやら、勉強の最中に寝てしまい、階上の部屋までティアーネが運んでくれたらしい。

「こりゃ、後で謝らないとな……」

……ていうか。

なんか目の前で、もぞもぞと布団が動いてるんだが？

それに、さっきから股間へのこの刺激。

ちゅっちゅ♡　ちゅぱちゅぱ、れろっ♡　ちゅぷ、ちゅぷ、ちゅぴっ♡

亀頭に纏わりつく濡れた舌先と熱い吐息……フェラチオだ。

（誰かが中に潜って……まさかティアーネか……？　いや、これは……）

呑み込まれる肉棒、吸われる睾丸。交互につつかれるカリ首。

ダブルだ！　ダブルフェラの感触!!

「ふたり……いる！　ううっ、しかも、どっちもすげぇ上手いぞ……だ……誰だ？」

丹念に隅々までしゃぶりつくそれは、いつもの四人にはないテクニックだ。

ぐぽぐぽ、じゅるじゅるという卑猥な音をたてながら、口をぴったりとすぼめて感触をじっくり味わう吸引の貪欲さ。

「あ……ダメだ……相手が誰だかわからないのに……」

射精を促す二枚の舌のコンビネーションに事態の把握どころではない。

理性をとろけさせる快感が直樹を追い詰める。

（なんだ!?　めちゃくちゃ気持ちいい……っ）

「はぁっ、はぁ……うぅっ……ああっ、あぁぁあっ……で、出るっ!!」

どぷっ！　ぷぴゅっ……びくんびくんっ！

女の子のようなアクメで吐精をし、直樹は布団の中に白濁を噴き出させられてしまった。

(こ、こんな射精があるなんて……)

挿入したわけでもないのに、ここまでの絶頂感は初めてだ。

すると、布団がごそりと持ち上がった。

姿を現したのは——やはり、ティアーネでも仲間の誰でもなかった。

見知らぬ顔の美女がふたり。しかも、裸同然の格好で！

「お……お前ら……いったい何者だ……!?」

直樹は驚いて叫んだ。

(怪しいぞ、怪しすぎる！)

首元のチョーカーから足の先に至るまで、お揃いの衣装の彼女たち。

しかし、革らしきその黒い素材が覆っているのは肉体の極くわずかだった。

胸などは隠しているのは乳首まで、そこから上は全露出。ご覧くださいと言わんばかりに、たっぷりとした谷間がこぼれ出している。

下半身には素肌を極限まで見せつけるローライズの紐パンと紐ガーター。

かろうじて服を着ている風に見えるのは、オペラグローブとニーハイソックスのおかげだが、それもむしろ全体のフェティッシュさを強めているだけだろう。

まさにドスケベ。ど痴女の装いそのものなのだ。

「ん～♡　なるほどね～、これが勇者のザーメンかぁ♡」

痴女の片方が口を開き、直樹の精液をワインでも味わうかのように舌の上で転がした。

彼女は華奢な身体つきに小悪魔的な美少女風の顔立ちをしており、肩までのショートな髪型がその童顔を引き立てている。

「蕩ける舌触りに口いっぱいに広がるオスの匂い……今まで味わったことのない極上の味……これは人間にはちょっともったいないよね～♡」

食レポよろしく批評して、唇に残る精液を美味しそうに舐めると彼女は名乗った。

「あたしは淫魔のライラ♡」

それから首を傾げて隣のもうひとりを示す。

「こっちは妹のドロテア。よろしく、勇者クン♡」

(妹……!?)

そう紹介されたもうひとりの痴女は、その背に長い髪を波打たせて大人の色香がある。

髪の色も、ライラのピンクに対して落ち着いた紫だ。

彼女だけ頭に花のついたカチューシャをつけているのは、妹っぽいといえば妹っぽいのかもしれないが――

レスブールで出会った貴族の姉妹、シディカとムーナは、姉の方がちゃんと年上らしく大人びていた。この姉妹は逆のようだ。

（って、驚くのはそこじゃないだろ！）

起き抜けの不測の事態に、頭が色々追いついていない。

当たり前のように言ったけど、こいつら、今、淫魔って⁉

それなら知っている。ファンタジーではお馴染みの種族……しかも、悪魔だ！

半裸の姿に目を奪われて見落としていたが、落ち着きを取り戻してみれば彼女たちには人間とは違う身体的特徴があった。

頭の横から二本の角。ライラは上に向かって、ドロテアは下に向かって生えている。

更には尻尾まで！

その尖った先端は、ご丁寧にも、よく知られた悪魔の尾の形。

「まさか、魔族か⁉　なんでここに⁉」

「ふふん♡　気づいてなかっただろうけど。ずーっと君たちのことは監視してたんだよね～。で、魔王様の指示で君を連れて帰ることになったの」

「ま、魔王……⁉」

その名に、直樹は思わず腰を引いた。

敵の口から魔王という言葉を聞かされるのは初めてだ。

今までは、どこか「本当に魔王なんて存在するのか」という半信半疑の気持ちだったが、それが一気に吹っ飛んだ。

（つまり……こいつら、勇者（オレ）を倒すために送り込まれた刺客……）

考えてみれば、当然起こりうる事態なのだが、ハーレム生活に浮かれて過ごしてばかりだったため、心の準備ができていない。

「連れて帰るって……お、俺を攫（さら）おうっていうのか⁉」

ヤバイ、ヤバすぎる。

魔王に捕らえられた勇者の運命など決まっている。

八つ裂き？　串刺し？　むごたらしい拷問の挙句の処刑だ！

だが、引きつる直樹の面前にライラは顔を寄せると、楽しそうに囁いた。

「うふふ……そーよ♡　でも、その前にぃ……♡」

「んん⁉」

ペロリと舐め濡らした唇で口を塞がれ、直樹は泡を食う。

口の中に忍び込み、妖しくそよぐ舌肉。

ドロテアもライラに倣って口を寄せ、敵であるはずの勇者の舌を熱烈に引きずり出す。

（こっ、こいつら……なにを考えて……⁉）

目を伏せ、一心に唾液を啜るその様子は、とても魔王の手先とは思えない。

直樹はされるがままとなったが、それは戸惑いのせいだけではなかった。

（上手い……いや、巧すぎる……こいつらのキス……）

直樹の舌を優しく唇で食み、絶妙な力加減でたっぷりと舐る。

かと思えば、軽く歯を立て刺激して、いきなり奥まで入れて来る。

ディープに絡めもすれば、ちゅっちゅと可愛くついばむだけのフレンチなキスもありと、千変万化、緩急自在の口技だ。

吐きかかる息も、甘くて熱い。

そして、やがてそれは直樹の肉体にも影響を及ぼし始めた。

（な……なんだ……？　身体が……段々熱くなって……）

疼く。全身が、特に股間が熱く滾る——そしてそれは、普通の欲情とは違っていた。

その気もないのに強制的に勃起させられている感覚だ。絶対にヤバい。

だが、それすらもどうでもよくなるほど気持ちがいいのだ。

頭は霞み、身体はいうことをきかず、もっと快感を、もっと快楽をと体の全細胞が望み、抗うことができない。

「ブハッ……」

たっぷりと直樹とのキスを愉しんだライラが口を離し、妖艶に微笑んだ。

「ふふ……♡　あたしたちサキュバスの体液には媚薬の効果があるの♡　この様子だと、ちゃーんと、効果が出てるみたいね♡」

(そういうことか……)

勇者の精液と同じだ。もしかすると、それ以上かもしれない。

(ん……待てよ?)

直樹は思い当たった。

「そ、そういえばお前ら俺の精液を飲んだはず……なんで平気なんだ……?」

すると、ライラが優越感をにじませてクスクスと笑いを噛み殺す。

「残念だったねぇ♡　あたしたち魔族には君の力は効かないの♡」

(マジか……!)

勇者の血を引くレスブールの王族ソフィーとマリィに続き、またもや催淫できない相手。

王都での体験で、この力も万能ではないとわかってはいたが……これはマズい。

なんといっても、唯一の頼みの綱なのだから。

「だ・か・ら……いつもみたいに誘惑して一発逆転……みたいなのは期待しないでね」

「うっ!!」

ライラが勃起を握りしめ、ドロテアとふたりで直樹を起こして四つん這いにさせる。

「魔王様には無傷で連れて帰れって言われてるけど。こんなに上質な精液、滅多にお目にかかれないし……死なない程度に搾り取ってからでもいいよね～♡」

「死なない程度って……お、おい!?」

　家畜のような情けない四つ足スタイルのバックからはライラが、ドロテアは直樹の背に覆いかぶさって、ふたりがかりでの搾精が始まった。

「んんん‼」

「い～っぱい射精させてあげるね♡」

　ライラからはタマをしゃぶられ、ドロテアには尻の穴を舐められ、それでいて、上から下へと乳搾りのごとく絶え間なくしごかれる。

　その手の動きの巧みさもさることながら、動物のように扱われているのに感じてしまっているという事実が背徳感と被虐心を刺激する。

（これが、淫魔……！）

　性を貪り、人を堕落させる悪魔というだけのことはある。

　ちゅぱっ、ちゅぱっ、ちゅぱはっ、ちゅっ、ちゅっ、じゅるっ、じゅぷ、ちゅぽんっ、れろれろ、じゅるるるっ！

　肛門と睾丸のシワの隙間まで余さず丁寧に舐め上げられ、射精を促される。

　情感たっぷりの献身的な舌奉仕のくせに、ふたりとも肉棒への責め手は緩めない。

（こ、このスピード感はっ……危険だ！）

　フィリアたちも手コキをしてくれるが、そこは女の身、どうすればチンポが最も気持ち良いのかを自らの感覚では知らない。痛すぎはしないかと、込める力も手加減する。

それに引き換え、ライラとドロテアは彼女たち自身が女であるにも関わらず、男性器というものを知りつくしているかのようだ。

（やばいぞ！　早く助けを呼ばないと！　このままじゃ、こいつらに連れ去られちまう！）

射精してしまえば取り返しのつかないことになる。身の破滅だ。

その予感に必死となって直樹は堪えようとするが――

（駄目だ～～～っ）

気持ち良すぎて抗えない。このままずっと続けて欲しい！

イキたい。イカされたい。このまま全部ぶちまけたら、絶対最高に気持ち良い！

「ううっ……うあっ、ああ……うあぁぁぁあぁぁぁぁっ!!」

耐えきれるものではなかった。劇的なオーガスムに脳がスパークする。

びゅるるるっ、びゅぱあっ！

大量に噴出したザーメンをライラが手に受け止める。

「本当に元気だねぇ♡」

彼女の手の平から溢れてなお止まらぬ精液の吐出。

「このオチンチンでいつも女の子を喘がせてるんだ？　ん～？」

ぱくぱくと口を開き、白濁を垂れこぼす鈴口を、ライラはからかうように指で撫ぜて、残りの一滴までも絞りつくそうとする。

「うっ……うぅ……」

そして、今度は直樹を裏返して仰向けに寝かせる。

頭の側からのしかかり、顔面に乳房を乗せて身動きがとれないよう押さえつける。

「もがっ……むふぅ、むぐっ……」

柔らかい乳肉に目、鼻、口のすべてを塞がれて、幸せの窒息状態だ。

「このまま無理矢理連れていくこともできるけど、あたしは荒っぽいことは嫌いなんだ。だから……♡　自分から連れてって言うくらい気持ちよくさせたげる♡　皆のことなんか、忘れちゃうくらいにね……♡」

ライラの目配せでドロテアが無防備な肉棒を再び擦り出した。

根元から筒先へと軽いウォーミングアップといった摩擦から、徐々にスピードと握力を強め、またしても本気モードの搾精になってゆく。

「うっ……うううっ！」

拘束から逃れようと身体をバタつかせる動きは、いつしか快楽にのたうつ痙攣へ。

直樹のチンポはもはや完全に手玉に取られていた。

そして、一度外れてしまった欲望のタガは、ただ絶頂するだけでは満足できないところまで来ていた。

そんな直樹の心を見透かしたかのようにライラが言う。

「そろそろ入れたくなってきたかな？」

「……」

直樹は答えない。

意地を張って答えたくないのではなく、ただ感じすぎて言葉が出ないだけだ。

抵抗できないまま頭の片隅に追いやられた理性が、こんな興奮した状態で入れられたら
まずいと警告を発している。だが、それも束の間のこと。

ライラが身を起こし、次なる処置を宣告する。

「それじゃ、特別にドロテアが相手よ♡　とっておきのテクで搾り取ってもらいなさい♡

気持ち良すぎてもう戻れなくなっちゃうかもね……サキュバスのエッチは凄いわよ～♡」

「うあ……あぁ……」

対面で騎乗したドロテアが、無言のまま紐パンをほどいて恥部を晒す。

無毛で土手の広い美性器は、すでに愛液で蒸れ潤っていた。

ぐぐっ……ぐぷぷぷっ……ぎゅっ！

挿入を直樹が見れるよう、わざわざ身体を後ろに仰け反らせ、じわじわと腰を落とす。

割れる陰唇の奥からぷちゅぷちゅと蜜汁を跳ね散らし、淫魔の膣が肉棒を呑み込んでいく。

ずぷっ、ずにゅにゅにゅ……ずぷんっ！

「うお、おおおっ……」

熱蜜の壺の中は予想していた以上の強烈な膣圧だった。

(膣の奥がぐにゅぐにゅと締めつけてくる……！)

肉棒に絡みつく襞がぞわぞわと蠢き、その隙間では蜜液がじゅぶじゅぶと湧き立つ。

戻れなくなるかもとライラが言ったのも頷ける。さすがは淫魔、男を悦ばすためだけに存在するかのようなマ○コだ！

(ん……？　それって……)

初めて体験する淫魔の膣は、どこか懐かしいような、どこかで知っているかのような、そんな不思議な感覚をも直樹にもたらした。

しかし、じっくりと考える暇もなく、肉棒が子宮の入り口にまで到達する。

膣内へと完全に埋没した肉棒への甘美な悩圧が始まった。

ずぷぷ……ぎゅぎゅっ、ぎゅううっ！

「ちゃんと奥まで届いたみたいね♡　動いてあげなさい、ドロテア」

ライラに命じられて、前傾姿勢となった妹淫魔がピストンを開始する。

直樹の胸に優しく手をついて、体重は膝で支えて直樹が苦しくならないように。

大きな卵のような美尻を肉棒が抜けるギリギリまで持ち上げ、それから打ち下ろす。

「おっ……おぉっ……ぐっ……腰遣いが……!!」

最初はゆっくりと具合を確かめるように、そして徐々に激しく――

ずぷっ、ずぷっ、ずっ、ずっ、ずぽっ、ずぽっ、ぱちゅ、ぱちゅっ！　ぱちゅん！

「ドロテアは無口だけどセックスは情熱的なのよ。この責めにどこまで耐えられるかな♡」

ライラが得意げに言う。

これほどの攻めをしながら、確かにドロテアはひと言も喋ろうしなかった。

ただ、はぁ、はぁという荒い息と、じっと見つめる潤んだ瞳が彼女自身の興奮を伝える。

そして、キス。

「んー……♡」

鼻にかかった甘い声を出して直樹の舌を目一杯貪り、指先でスリスリと乳首をこする。

もちろん、その間もピストンは止まらない。

更には、争うようにライラまでもが唇を奪いにきた。

「んっ♡　はぁっ♡　んっ♡　んっ♡　ちゅぱっ♡」

「ぷは♡　んっ……♡　ちゅぴ、ちゅぱっ♡　んんっ♡　ふうぅっ……♡」

なんという責めだろうか――

びゅるるるるっ、どくどくっ、ずぴゅぴゅっ、どくどくっ！

ドロテアの子宮にはすでに何回分もの精液が注ぎ込まれている。

我慢しようにも無理矢理射精させられ、そして、それにもお構いなしに容赦なく続けて搾り取ってくるのだ。

（うぅ、休憩すらさせずに続ける気か……腰が抜けるくらい気持ちいい……）

「ドロテアが君の感じるところ覚えちゃったねぇ♡」

姉に見守られながら、妹淫魔はついに跨ったまま直樹の腰を両手で掴み、お尻を後ろに落とした姿勢で前後に揺すり始めた。

そうすることで、大陰唇の最も柔らかい部分がインパクトの度にふわふわっとチンコの根元に当たるのだ。これが絶妙に感じる。

どびゅう！　ぶびゅぴゅうっ！

ひと当てされる度に射精、また射精の繰り返しだ。

「ふふっ♡　放っておくと、搾りつくして干からびちゃうかも……♡」

そういうライラも、だからといって手加減するつもりは毛頭なく、紐パンを横にずらし、露出させた性器を顔面騎乗で舐めさせる。

直樹はこれにも抗えない。無毛で陰唇もはみ出ていない、ちんまりとしたその美裂に、いけないとわかっていても舌は伸び、垂れ落ちる淫らな甘露を舐めしゃぶってしまう。

「ぐっ……うぅ……!!」

「あーあ、こんなに溢れさせちゃって♡　もう膣内に入らないね♡」

ライラの言う通りだった。

ドロテアの膣との接合部からは、直樹の臍へとザーメンが川となって流れていた。

「それじゃ、次はあたしの番ね♡」

指一本動かせなくなった直樹を見下ろして、今度は姉が妹と交代する。

「もしかしてそろそろ限界かな？　勇者ってのもたいしたことないねぇ♡」

ライラはクスクスと笑いながら、直樹に背を向け、もったいをつけて紐パンをハラリと脱ぎ落した。曝け出されたその尻は、ドロテアと比べると小ぶりだが、丸みを帯びつつもスポーティに引き締まった、格好の良い一級品だった。

情念を身体ごとぶつけてきた妹とは違い、ライラの挿入は遊びのようなノリだ。

肉豆を亀頭に当てて、焦らすようにすりすりと前後させる。

「うふ……あたしはここが一番感じちゃうの。でも、淫魔の体液の効果で、あなたのチンポのほうが、あたしのクリよりも敏感になってるはずね……」

その通りだった。ふにふにした淫裂の柔らかさ、硬くしこったクリトリスの刺激、その相反するふたつの感触に、直樹は情けない声で喘いでしまう。

そして——

「いっくよ～♡　そぉれ♡」

ぶちゅんっ！

その美しい背中を優雅に反らして直樹を振り返る背面騎乗で余裕の笑みを浮かべながら、ライラは小柄な身体を思い切りよく貫かせた。

「ううっ！」

「ふふ……♡　あっさりイカせてあげるわ♡」

自信たっぷりに言ってライラが尻を弾ませる。

ずっ、ずっ、ずぷ、ずぷっ、ずっ、ずっ、ずぷんっ！

彼女のピストンはリズミカルで躍動的だった。

それに、言うだけあって熱蜜の壺の中は予想していた以上に強烈な膣圧。

(膣の奥がぐにゅぐにゅと締めつけてくる……！)

肉棒に絡みつく襞がぞわぞわと蠢き、その隙間では蜜液がじゅぷじゅぷと——

(いや、おかしいぞ……)

確かに気持ちいいが、なにかが違うのだ。なにかが——

先ほどのドロテアとの交接でも感じた不思議な感覚が再び直樹の脳裏をよぎった。

なんだ、この違和感は⁉

そして、直樹は思い出した。

(そうか……これは‼)

「へっ、まんまとハメられるところだったぜ……」

「え？」

余裕を取り戻したその口調に驚いて、ライラは腰を止めた。

振り返れば、直樹は笑みすら浮かべているではないか。

「お前のマ○コは……偽物だな？」

「……!!　な、なにを言ってるの？」

ギクリとしたその顔に直樹は確信を深めた。

「くっくっく、残念だったな！　童貞だった頃の俺だったら簡単に騙せたかもしれないが、俺はすでに何人もの女と関係を持っている。本物と偽物の違いぐらいわかるぜ……本物のマ○コにはもっと温もりがあって……女の快感に合わせて感触も変化するんだ。そして、それぞれ個性がある……」

フィリアたち、そして、ナタリヤさん、王都で出会った女騎士たち、王族のソフィーとマリィ。そして、他にも……。彼女たちとのセックスで身をもって知ったことだ。

「しかし、お前たちのはどこか無機質で、なにより、ふたりともまったく同じ感触だ!!」

それはつまり、そのマ○コが作り物であるということ！

わかってしまえば、あれほどの興奮も嘘のように冷めていく。チンコも萎え、おかげで頭がハッキリとする。そうだ、作り物なのはそれだけではない。

「魔族には夢を使う者もいる……そーいや、ティアーネも言っていたな。淫魔と言えば、まさしく夢に入り込む悪魔じゃないか。これは俺の夢、寝ている隙に入り込んだな!!」

覚醒と共に周囲の情景がぐにゃりと歪み、煙のように霧散する。

「まっ……!!　マズい!!　術が……」

ライラが慌てるが、もう遅い。

直樹の目の前に現れたのは、やはり宿の寝室。だが、今度は紛れもない現実のもの。

石壁の目地、燭台のわずかな錆、天井や床の木目、窓からの光の加減……夢と比べると、すべてが細部まで明瞭なのだ。

そして、ライラとドロテアは服を着たままで、ふたりがその手に持つのは……男性器をすっぽりと覆う形状の筒だった。

「これは……オナホ!?」

なんでこの世界にあるかのかわからないが、覚えのある感触なわけだ。

あらゆるセルフプレジャーを試して来た直樹にとってはお馴染みのツールだ。

「くっ、サキュバスだけが扱える魔道具を人間のあんたに見破られるなんて……!!」

「え……魔道具？　そういう扱いなの!?」

ただのオナホールも、そう言われるとなんだかものものしい。

ともあれ、オナニーに命を救われたのは森の魔女のときと合わせてこれで二度目だ。

「やるじゃない、勇者……自力で術を解いたのはあんたが初めてよ。褒めてあげる」

ライラが言う。

焦ってはいるようだが、まだ余裕のある口ぶりだ。

（そうか、こいつら夢の中でなら何度でも襲えるから……）

いったん退却して、再び直樹の寝込みを狙えばいいということか。今回は見破れたが、同じ手は使うまい。このまま逃がしてはマズい！

だが、どうすれば……？

と、そのとき激しい勢いで寝室の扉が開いた。

「勇者様!!」

「ティアーネ!!」

「突然、魔物の気配が現れたので……」

錫杖を構えた彼女はすでに臨戦態勢だった。

ライラとドロテアの姿に、すかさず状況を把握する。

「見たところ悪魔族……こんな所に……！」

「ま、まずいわ!!」

今度こそ、慌てふためくライラ。しかし、ティアーネの方が早い。

「ちょうど光属性の魔法は得意なんです。勇者様は動かないでいてください」

「え？　動くなって……」

詠唱と共に白く眩い光が錫杖の先に集束する。

「お、おい!!　本当に大丈夫なのか!?」

「大丈夫です。勇者様。悪魔族でなければ、たいしたダメージはありませんので」

ティアーネが安心させるように微笑む。

「すぐに回復魔法で治療いたします」

「いや、それ……普通に痛みはあるんだよな？」

「……」

ティアーネが安心させるように微笑む。

ライラと直樹の叫び声が重なる。

「「ちょっ……待って!!」」

が、果断な女僧侶は聞く耳を持たなかった。


「ごめんなさい、勇者様……痛かったですか？」

「いや……大丈夫だ。思ったより大胆な戦い方をするんだな……」

話し声が聞こえる。

何度か瞬きをして、ようやくライラの目は焦点を結んだ。

勇者が回復魔法をかけてもらっている。

どうやら、あの激烈な光の魔法のショックで意識が飛んでしまっていたらしい。

気絶していたのはどれぐらいの間だろうか。

手首を縄で縛られているので、そうするぐらいの時間はあったということか。

(ふん、こんなもので自由を奪ったつもり？　甘いわね……)

夢に出入りできる淫魔にとって物理的な拘束は意味がない。

あの魔法の威力には驚いたが、所詮は人間風情の考えということだ。

もぞもぞという気配に隣を見れば、妹が頭を振り振り目をしばたかせている。

(ドロテアも無事……よ～し、脱出してもう一度……)

幸い、ふたりはまだこちらが意識を取り戻したことに気づいていない。

こうなれば、こっちのものだ。

ライラは妹に目配せした。さっさと近くの誰かの夢の中へと逃げ込んで……。

「って、えっ…!?　術が使えない！」

「おっ、危ない、危ない、こいつら目を覚ましてるぞ」

「逃げようとしたみたいですね。魔法陣で能力を封印しておいて正解でした」

勇者と女僧侶がこちらに気づく。

「魔法陣……!?」

ライラとドロテアの転がされている床に光の術式紋様が浮かび上がっていた。

これのせいで術が発動しないのだ！

「おお、いつの間に……」

暢気(のんき)な口ぶりで直樹が感心する。

どうやら、彼自身は縄で縛っただけで大丈夫だと思っていたらしい。

（くっ……こんな間抜けな奴に捕らえられるなんて……!!）

悔しすぎる。どうにかならないかと、何度も術を使おうとしてみるが、さっぱり駄目だ。

この魔法陣にも、とてつもなく強力な魔力が作用しているのだ。

「それにしても襲ってきたのが淫魔だとは……」

「その中でも、彼女たちはかなり高位の存在ですね。高い魔法耐性を具(そな)えているので消滅させるには時間がかかりそうです」

冷静な分析。

「フン……」

ライラは鼻を鳴らした。

憎たらしい相手だが、高位の悪魔であると見抜くとは、なかなか——

「……見た目は弱そうだったのに、困りましたね」

「うるさいわね!!」

最後の余計なひと言に、ムッときて思わず怒鳴ってしまい、その反抗的な態度に直樹が心配そうな顔をする。

「また襲ってきたりしないか？」

「一時的に能力は封印していますが……油断して夢に入り込まれると厄介です」

勇者はともかく、この女は頭も回るし手強い。

「ぐぬぬ……」

(なんとかして逃げ出さないと！)

ライラは焦った。このままだと、あのことにまで気づかれてしまうかもしれない。

と、直樹が頭を掻きながら間の抜けた声で言った。

「しっかし、魔族にまで俺の能力が効かないとはな……マリィのときといい、厄介な相手に限ってなぁ……」

「能力が効かない？」

女僧侶が訝しげな顔をする。ライラはギクリとして身を固くした。

(マズい……！)

ふたりの会話はまさに恐れていた方向へと進み出した。

「それはおかしいですね……勇者に纏わる文献では確か、淫魔を能力で服従させたという逸話がいくつかあるんですが……」

「でも、現に飲み込んでも効いてなかったぞ？」

「夢の中で……ですよね？」

「ああ、そっか！　じゃあ、実際は飲んでいないのか……いや、待てよ」

言われて納得しかけ、それから直樹は再び首を傾げる。

「それでも、こいつらの体液で俺は発情させられたんだ。夢の中でだぞ。だから、勇者の精液だって、効くなら夢でも効果を発揮するはずなんじゃないか？」

このやりとりの間中、ライラの表情は目まぐるしく変わった。心の中では必死に祈る。

（気づくな！　気づくな！　気づくな……！）

が、再び冷静な結論が導き出される。

「なるほど……確かに彼女たちは高位の魔族ゆえに、高い耐性を具えていても不思議ではありません。ですが、獣人もエルフも種族が違えど勇者様の力は効くのですから、魔族であっても人型の女であれば……王女様たちのように完全に無効化できるというのは特殊なケースであって、そうあるとも考えにくいです。あくまでも推測ですが……」

「うっ……」

ライラは顔をひきつらせた。それこそが、気づかれてはいけない真実だったのだ。

「ですので、口ではなくより効果的な下半身へ何度も精液を注ぎ込めば……いずれ能力が効くようになるかと！」

女僧侶がライラの身体を開き、直樹に向かって脚を広げさせる。

「ちょーっ!!」

「本当なのか……？」

半信半疑の直樹だったが、ジタバタもがくライラの姿にそそられたか、股間のものが徐々に角度を変え始める。

「そもそも、サキュバスは精液を糧とする悪魔……摂取の方法は様々でしょうが、敢えてあのような道具に頼るのは力を警戒している証拠かと」

床に転がる魔道具を指して述べられる推理。

「……!!」

図星だった。

ああ、この女さえいなければ！

「へぇ……いいこと聞いたぜ。堕ちるまでハメまくればいいんだな……」

途端に下衆顔となった直樹がライラの股間に顔を寄せてきた。

くんかくんかと匂いを嗅ぎながら、スルリと紐パンを足から抜き取る。

「ひあっ⁉」

万事休すだ。

後ろから押さえられているのを振りほどこうと、ライラはもがいたが、先ほどの魔法のダメージのせいで力が出ない。

「あっ、あんた僧侶でしょ⁉　勇者を悪魔と交わらせていいの⁉」

「かまいません。勇者様は異世界から来られたお方ですから。この世界の戒律や教義を、押しつけるいわれはありません。それよりも……あなたを寝返らせれば、我々には非常に有益ですからね」

　最後の抗弁もニコリと笑顔でかわされる。

（こ、この女……！）

「では勇者様、どうぞ……」

「それじゃ、遠慮なく!!」

　なす術なく無防備となった恥裂に勇者の肉棒がすりすりとこすりつけられる。

「や、やめ……ああっ」

　裏筋を使ってクリトリスを転がされ、ライラは思わず喘ぎを漏らしてしまった。

「夢の中でクリが弱いって言ってたのは本当のようだな……」

「ぐっ……そ、そんなの……う、嘘よ！　ちっとも感じないわ……！」

「無理すんなって、軽く触れただけでもう、中から溢れてきてるぞ」

「……!!」

　肉筋の奥から泡となって流れ落ちる愛液は、淫魔であっても恥ずかしくて顔を赤らめるほどの量だった。

　直樹が更に調子づく。

「さっきまでの威勢はどうした？　この分じゃ、挿入（い）れたらもっと凄く乱れそうだな……」

（くっ……こんな奴に好き放題に言われるなんて……悔しいっ！）

だが、とめどない蜜汁の流れはいかんともしようがなく、その潤いに乗って滑り込んできた肉棒もまた止めようがなかった。

ずっ……ずにゅにゅ……

「んんんっ!! あ、あぁ……だ……だめぇ……」

ぐぐっ……ぷちゅんっ！

ライラの膣内で薄膜が千切れ、それは直樹にも伝わった。

「おぉっ……？」

「ふあぁっ」

（あ、ああっ、人間なんかに……人間なんかに私のが……！）

「血が出てる……ってことは処女なのか!?」

種つけプレスの体勢で直樹が確かめるようにずぷずぷと何度も突き降ろす。

「だ……だめ……あっ……あぁ……」

「処女のサキュバスだって!? まさか、あの道具を使っていたのはこれが理由で……!?

普段からあのやり方で精液を搾り取っていたんだな」

「うっ……」

挿入れたまま動きを止めた直樹に間近で見つめられ、ライラは目を逸らした。

「もしかしてエッチをするのが怖かったのか？」

「ち……違っ……」

「でも、本当は夢の中みたいなことしたかったんだろ？」

「あっ……」

再び、動きが始まる。

初めて現実の肉体に迎え入れる男性器。

それは今まで夢の中で味わってきたセックスとはまったく違う感覚をもたらした。

みっちりと女の部分を埋められる充足感、そして、突かれる度に伝わる相手の脈動。

（い、いけない……このままじゃ……あ、ああっ……のっ、呑み込まれる……！）

ライラは自分の中で覚醒していく牝に、あらん限りの精神力で抗おうとした。

「な、舐めるなぁ……人間!!　あ、あたしが……人間風情とエッチするなんて……あっ、あああっ」

だが、直樹の肉棒はむしろ抵抗の言葉に反応していっそう大きく硬くなる。

屈辱を煽るかのように、憎まれ口なぞどこ吹く風といった態度で突きまくられる。

「あー……気持ちいい……素直に皆で楽しもうぜ？」

「んはぁぁあぁっ！」

ずっぷ、ずっぷ、ずっぷ、ずっぷ！　ぐちゅ、ぐちゅ、ぐちゅ、ぐちゅっ！

拘束された両手を取られ、力いっぱい奥の奥まで！

貫かれ、掻き混ぜられ、ライラの身体の中では快感が波うち、寄せては返す。

「あっ……あっ……ひぃうっ……あああっ！　うぅっ……」

（これが本物の勇者のオチンチン……ああっ！　きっ、気持ちいいっ……ヤバいっ……）

このままでは淫魔である自分のほうが堕とされてしまう。

快感に腰がくねりそうになるのを、今はなんとかこらえているが、それも時間の問題だ。

敗北した自分が惨めに尻を振り乱す姿が容易に想像できる。

そんなことになったら……人間にエッチで負けるなんて、そんなことになったら！

しかし、淫魔の性か、このまま快楽に身を任せてしまいたい自分もいる。

（くぅっ……ああっ、あ……も、もう……）

アクメする。アクメしてしまう！

直樹のピストンが一段と激しさを増し、ライラは歯を食いしばった。

と、そこでいきなり肉棒がピタリと止る。

「ふぅ……そろそろ交代するか」

「……えっ⁉」

絶頂直前のクライマックスに備えていたライラは虚を突かれた。

（ここまでしておいて……）

ずるりと引き抜かれるチンポの名残りが膣内を疼かせる。

(嫌っ！　まだ抜いちゃ……って、な、なにを考えているの、あたしは⁉)

そんな内心を見透かしてか、傍らで見ていた妹の肩を直樹が余裕たっぷりに抱き寄せ、わざとらしく言う。

「だって、仲間外れは可哀想だろ？」

「ド、ドロテア……」

「さて、どっちが先に堕ちるかな？」

隣に並べて寝かされた妹が、まんぐり返しに両脚を持ち上げられる。

「くっ……‼」

やるなら自分を……！

そう言おうにも、さっきの挿入で感じてしまったのを気取(けど)られたら？　と、考えると、口にできない。ライラは妹の恥裂が嬲(なぶ)られるのを見ているしかなかった。

外側の肉襞を指で開き、その中を覗き込んだ直樹は白い薄膜を見て嬉しそうな顔をした。

「おぉ……こっちも処女……」

ぶちゅっ……ぐぐっ、ぶぶちっ、ぶちいっ……！

姉に続いて、再び破られる淫魔の純潔。逞しい肉先が処女膜を押し拡げ、引き裂いた。

「……‼」

挿入の衝撃にドロテアが大きく目を見開き、びくんと身体を震わせる。

こじ開けられた肉の入り口は、ひとたび侵入を許せば、その肉厚な扉をぎゅぽぎゅぽと卑猥に吸着させ、まるで犯されることを待ち望んでいたかのようにヒクついた。

滴るのは破瓜(はか)の血と愛液の混じった初々しくもいやらしい淫液。

「おいおい、ぐちょぐちょじゃないか。こんなにエロい身体でよく守ってこれたな‼」

直樹が突き込みを強めていく。

突かれるほどに淫裂から噴き出す愛液の飛沫も勢いを増す。

ぶちゅっ、じぷっ、ぶしゅっ、ぶしゅうぅっ！

「あー、やばっ……気持ちいい……童貞の頃だったら、一瞬でイカされてたな……」

「こっ、この、人間風情がっ……‼」

犯される妹の隣で猛るライラ。だが、彼女にも余裕はない。

何故なら、直樹がドロテアに挿入しながらも、ライラにもしっかり指マンを決めているからだ。いつの間にか探り当てられた急所を押しまくられ、疼きが胎内を焼き焦がす。

(んぅっ、ああっ！　こっ、こんなテクニック……人間のクセにっ、人間のクセにぃっ！)

直樹の指使いは巧みだった。

ライラがこれまで夢の中で弄(もてあそ)んできた男たちで、ふたりを同時に相手をして、どちらも疎(おろそ)かにしないでいられる者などいなかった。

それは、直樹がこの世界に来てこの方、ひたすらにハーレムプレイをしてきたからこそ培われた技量だったのだが——そこを見落としていたのだ。甘かった。

「くうっ！」

悔しいが弄られるほどに蜜汁は溢れ、淫猥(いんわい)な指先に掻き出されてしまう。

指でされただけで喘ぎ声を上げるなど淫魔のプライドが許さない。

ライラは目をぎゅっと閉じて必死で快感に耐えた。

しかし、隣では、ドロテアの切ない吐息が次第に甘い音色をともない始めていた。

「あー……あぁ……あっ、はぁっ……」

「おっ、喘ぎ声はちゃんと出すんだな。素直に感じてるってことか？」

気づいた直樹が、ますます調子づく。

乳房がたぷたぷと揺れ跳ねるほどのピストンに、ドロテアは眉を歪め、開いた口からはだらしなく舌が突き出される。

「おいおい、すっかり顔が蕩けてるぞ……」

「ちょっとドロテア……!!　気をしっかり持つのよ!!　こんな奴に負けないで!!」

自らも快感に耐えながらライラは必死となってドロテアを励ました。

しかし、直樹にクリを弾かれ、駆け抜けた甘い悦撃に黙らされる。

「ひぅんっ……！　あぁぅっ！」

「妹の心配をしてる場合じゃないんじゃないのか？」

ついに漏れた情けない喘ぎ声を煽ると、直樹はいよいよドロテアの攻略に取り掛かった。両手でがっしと膝を掴んでいっそう大きく脚を広げさせる。

滑らかに浮き上がる美しい鼠径部のラインに腰を完全密着させての抽送が始まった。

「よし……早速、力が効くか試すとするか……」

「……‼」

ぬぷっ、ぬぷっ、ぬぷっ！

直樹に押し開かれるまでもなく、ひと突きごとに彼女の長い脚はどんどん水平になっていく。はしたなく男を迎え入れるように、自ら堕ちることを望むかのように！

ドロテアの身体の火照りと痙攣は、隣に寄り添うライラにも伝わった。凍えているかのようにぶるぶる震えているのに、その肌は燃えるような熱さだ。

潤んだ瞳には、もはや、姉の顔すら映っていない。

「精液は好物なんだろ……？」

感極まった膣内の伸縮に合わせてリズムを小刻みに変え、直樹がフィニッシュに入った。

「お腹いっぱい飲ませてやるからな！　もっともっと締めつけろよ‼」

許可を待つこともなく、奥深くまで突き込んで一気に放たれる汁濁流！

「あ〜〜〜〜！　んあ〜〜〜〜〜〜〜〜〜〜っ！　あああぁあぁ〜〜〜〜〜〜〜！」

ごぷごぷごぷごぷぅっ！　どくどくっ、びゅるるるるるるるるぅっ！

陥落のアクメ。そして、逆流が膣内から噴きこぼれるほどの凄まじい量の吐精。

夢の中であれほど搾り取ったにも関わらずだ。

「おぉ……すっげぇ出る……お腹いっぱいになるまで飲み込めよ……」

まだ止まらない残りのザーメンを、ゆっくりと出し続けながら直樹が言い聞かせる。

すると、あろうことかドロテアはその寄せられた唇を迎え入れるように舌を差し出した。

「ふっ、ふっ……♡　……っ♡」

ちゅっ、ちゅっ……ちゅぱ、はぁ……ぷはっ……ちゅぱ、ちゅっ……！

いつ終わるともしれない情熱的なキス。

目を閉じ、吸い求め、縛られた両腕を直樹の背に回し、足を絡めて抱きつくその体勢は大好きホールド。腰をうねらせ押しつけて、注ぎ込み続けられる熱濁をおねだりする。

「ドロテア……嘘でしょ……!?」

ライラは目を見張った。

妹が……いや、高位悪魔である淫魔が人間ごときに敗北するなんて。

しかも、勇者を襲ったとき以上に情熱的なこの有り様は……。

「あー、愛されエッチ最高……もともと情熱的だったもんな、ずっとこうしていたいよ」

直樹が名残り惜しそうに身体を離す。

　すると、ドロテアの下腹に揺らめきながら浮かび上がる不思議な形の模様……それは、妹の痴態以上にライラを驚かせた。

「……!!」

「これは……隷属の紋章……!?　悪魔が人間と契約した証しといわれる……」

　女僧侶も目を見張る。

　この女は知っていたようだ。まさしくその通りだった。

　悪魔は契約の魔族とも呼ばれる。

　人間の願望につけこみ、取引をする能力を持つからだ。

　欲望の数だけ悪魔にも種類がある。嫉妬、虚栄、貪食……ライラたち淫魔なら色欲だ。

　そして、取引した相手に従属し、力を貸す代わりに堕落させていく。

　契約には証しが必要であり、それがこの隷属の紋章というわけだが、悪魔と力比べをして負かすことによっても、それは発生するのだ――

　ドロテアはイカされ、更には勇者の力によって虜となった。直樹に屈服させられたのだ。

「どうやら、彼女には能力が通じたようですね。これでもう危険はないかと……」

「あぁ……表情見りゃわかるぜ」

　まるで愛しい人を見つめるようなドロテアの眼差し。

　だが――

「って、勇者様⁉　大丈夫ですか⁉」

直樹も変調をきたしていた。

ぼうっとして焦点の定まらない目つき、弛んだ口元……。

「あ、あぁ……どうやら、サキュバスの体液にあてられたらしいな……おかげでもう……」

直樹の股間では早くもチンコがギンギンとなっていた。

その筒先が向かうのは――

「うぅ……」

たじろぐライラに直樹がふらふらしながら向き直る。

「よーし……次はお前だ……この興奮を……鎮めなきゃな……」

ベッドに四つん這いにされたライラの尻の狭間へ極太の肉竿がどさりと預けられる。

「な、舐めるなよ、勇者……！　あたしはドロテアより高位の悪魔なのよ‼」

さっきは思わず快楽に流されそうになったが、こうなっては淫魔のプライドにかけても負けるわけにはいかない。絶対に負けない！　耐えてみせる！

「そう易々と、あんたなんかに屈しな……」

が――

「へへ……そう言われると、なおさら従順にさせたくなっちまうな」

直樹が嬉しそうに相好を崩す。

(こいつ……しまった！)

この手のシチュエーションにおける反抗的な態度は勇者の大好物——

偵察の中で、それは知っていたはずだったのに！

しかも、淫魔の体液が興奮に油を注ぎ、その肉棒を弩級に膨れ上がらせてしまっている。

「ひあっ……」

淫裂に押し当てられた男の先頭がみちみちと聖域へ侵入する。

ずっぷうぅぅぅぅぅっ！

深々とした官能の一撃は、くすぶっていたライラの疼きが一気に燃え上がらせた。

媚肉を貫く甘い甘い摩擦の往復。狂おしい快感が身体中を駆け巡る。

「あっ、あぁっ、んあっ、あっ……」

乳房が潰れるほど強くベッドに押しつけられての突き降ろしから、両肩を掴んで上体を起こされ、次第に膝立ちでのバックへと体位が移る。

踏ん張りが利かない姿勢では、好きな所を突かれ放題だ。どの一撃も致命的。

「や……やめ……ろっ……あ、ああんっ……そんなっ……んくうぅっ！」

快楽に翻弄(ほんろう)されて、ライラの内股にはぶちゅぶちゅと愛の糸雫が幾筋も垂れ落ちる。

(だ……ダメ……よりによって、あたしたちの能力が裏目に出るなんて……このままじゃドロテアみたいに堕とされる……)

その妹はといえば、姉を犯す勇者の背に乳を押しつけ、じゃれついている。

「へへ……すっかり懐きやがって。ライラ、すぐにお前もこうしてやるからな……」

(いやっ……ああ、だめっ……い……や……ぁ、あぁっ……きっ、気持ち良すぎっ……な、なにも……かんが……えられ……な……ぁ)

ぱん、ぱん、ぱん、ぱんぱん、ぱんっ！

直樹のピストンクラップが冴え渡り、子宮に響く衝撃はライラの理性を削り取る。

この上、精液まで注がれてしまったら――

「うっ、やば……そろそろ出るぞ……」

「!? 待っ……」

(ま、また……勝手に膣内に……！)

ドロテア同様、許可なしの膣内出しだ。

「おぉっ……」

最奥にブチ当てられた肉棒から、断りもなく、欲望と衝動のまま精が放たれる。

びゅぷっ……びゅるるっ、びゅーっ、びゅぐんっ！

熱い奔流がライラの胎内をびちびちと爆(は)ぜまわる。

その甘い官能のスパークに耐えようと踏みこたえるが、膝が笑ってがくがくと震える。

「んんううっ……!!　はっ……んっ……はぁっ」

勇者のチンコがこんなに強烈だとは思いもしなかった。射精されるまでにも何度イッたかわからない。

（で、でも耐えてみせるんだから……!!　サキュバスの意地……見せてやるんだから!!」

まだ大丈夫だ。自分はまだ耐えられる。

一度目の射精の快感は激烈だったが、それでもそう考えるだけの理性が残っていた。

それを心の支えにライラは歯を食いしばった。

（で、でも……こんなのをあと何回も食らったら……？）

直樹は絶倫だった。

今度は彼女の片足を天井に向けて抱え上げ、抜かずに側位の体勢をとる。

艶を増すライラの背中に肌を密着させて、突く、突く、突き込む！

ぶちゅ、ぶちゅ、ぶちゅっ！　ぐちゃ、ぐちゃ、ぐちゃあっ！

突貫の響きは互いの体液の弾ける響きになってしまっていた。

「うっ、ヤバ……また出る……！」

「うっ……あ……あぁ……」

びゅく、びゅく、びゅうぅっ！　ずぷずぷずぷっ！

出しては突き、突いては出しを繰り返す、果てても尽きぬ責め。

その絡み合いを眺めるティアーネは、この場でただひとり理性を保っている人物だろう。

自身も身体に疼くものを感じつつ、彼女は冷静な分析をしていた。

この状況、見たところライラが敗色濃厚だ。だが――

（かなり追い詰めてはいるものの、もうひと押しが足りない……）

堕ちる寸前でギリギリ踏みとどまる彼女を支えているもの……それは意地かプライドか。

いずれにせよ、そのなにかが最後の城壁となって陥落を防いでいるのだ。

強敵だ。そう、硬い装甲を持ったあの鉄甲百足のような……！

「わかりました、勇者様!!」

旅の途中での遭遇戦（エンカウント）を思い出し、ティアーネは瞳を輝かせた。

「な、なんだ!?」

挿入中の肉棒をいきなり掴まれて驚く直樹に説明する。

「耐性の高い魔物には弱点属性を突くのが有効です！　その戦い方を応用すれば……」

膣内から取り出した肉棒に向かって呪文を唱える。

「な……なんかチンコに力が……」

「付与魔法（エンチャント）です！　本来は武器にかける魔法なんですが……この状態で有効部位を突けば、あるいは……！」

「おおっ、フィリアの剣に使ってたアレか！」

「はい！　これは光属性ですが……同じです！」

（光属性の……付与魔法（エンチャント）ですって……⁉）
ライラの目の前に突き出されたのは、聖なるオーラに包まれたエンチャント珍棒。
神々しい光を発しながらも、元のサイズの何倍にも見えるそれは、輝ける凶器だった。
——え？　これ、めっちゃヤバくない……？
そのあまりの禍々（まがまが）しさに、ライラは言葉を失った。
ドロテアも姉の運命を悟って黙祷する。
「よし……改めて本番いくぞ」
「やっ……やめ……！」
屈辱のドッグスタイル再び。
しかも、今度は前よりも更に高く尻を突き上げさせられての急角度ファックだ。
ずぷっ、ずずぷっ、ずにゅ、ずにゅ、ずぷんっ……！
今までとは比べ物にならないほどの、太さ、硬さ、熱さがライラの膣肉を割り裂いた。
「うっ……」
ライラの喉奥から、かはっと息が漏れる。
お腹の中が全部チンポになったみたいだった。そして、突くというよりは揺すられる。
なにしろ、自分の身体が肉棒そのものと化しているかのような一体感なのだ。
（あ……だめ……と……飛ぶ……ぅ）

内臓がずれてしまいそうな至福の圧迫が、たちまちライラをアクメ寸前まで追い込む。

意志とは関係なく、子宮がきゅうきゅうと鳴き声を上げて、全力でこの肉棒を——その持ち主の子種を欲しがる。

「おぉ、これは……膣の締まりが凄いことに!! かなり効いてるんじゃないか？」

「えぇ、先ほどまでと反応が違いますね……弱点を突かれ、耐性を失ったのでしょう」

「へへ……じゃあ、そろそろ堕ちそうだな……」

人の気も知らずに女僧侶と直樹が交わす朗らかなやりとり。

そして——

「なあ、最後に堕ちる顔、見せてくれよ」

「えっ!?」

「ドロテアはすげぇエロい顔してたからな。お前もきっと……」

ぎゅるるるるるんっ！

聖なる極太を咥え込まされたまま、マングリ返しへと体勢を変えられる。

膣内でのペニスの回転は、味わったことのない悦びをライラの肉襞へと伝えた。

「んあああっ、あぁっ、あっ……」

自らも大股開きとなり垂直に腰を落とす直樹の、全体重を乗せたピストンが始まった。

ぐっぽおっ……どちゅん！　どちゅんっ！　どちゅうっ！　どちゅうううっ！

「おぉ……ずぼずぼ入る……悪魔もこうなったら形無しだな……」

その通りだ。

アへ顔を真上から見下ろされる、恥辱以外のなにものでもないポーズで犯されている。

（ダメ……サキュバスであるあたしが……人間なんかに……セックスで負けるなんて……あっちゃダメ……あっちゃダメなのぉ……!!」

「良い表情だぞ、ライラ……」

「あ～～～ああっあ～～～らめぇ……らっ、らめなのぉっ……」

鼻声となって悦嗚する彼女にはもう、挑発的だった顔つきは影も形もない。

ぬかるむ蜜の沼となった秘壺を直樹が容赦なくぶちゅぶちゅと突き降ろせば、眉は跳ね、上気した頬と睫毛を可愛らしく震わせる。

渦巻く快感はこれまで人間に味わわせてきた自分たちのどんな淫夢より激しく甘かった。

「うっ……そろそろイクぞ……」

射精の予兆を感じ取り、震える子宮。

脳天までをも貫く快楽の衝撃がライラの中の悪魔の体質、隷属の契約を呼び覚ます。

変えられていく。自分の肉体が、精神が。

それはライラにとって初めての体験だった。処女を奪われたときよりも痛烈で、屈辱で、
そして——甘く、切なく、誘惑的な被虐の快感……。

（だめ……それはだめぇ……）

残ったわずかな意志の力をかき集め、ライラは最後の抵抗を試みた。

「み、身の程を……わきまえてよね……ゆ……うしゃ……」

言い切ってやる。これが最後の矜持（きょうじ）だ。

屈服は拒否する。自分の意志で、プライドにかけて。

「あ……あたしは高位の淫魔なのよ……本来……あんたなんか、ふっ……触れることすら叶わないんだから……」

だから、
だから。

だから……！

（あたしは絶対……絶対に……）

下腹が焼けるように熱い、契約の紋様が光を放ち、浮かび始めている。

消えていく勇者への敵対心、魔王への忠誠。

替わりに湧き上がる愛と従属の意志。

「だから……」

ライラは口にした。

「約束してよ……あんたの仲間になったらさ……このすっごいオチンチンで……あたしと

ドロテアをちゃんと可愛がってくれるって……♡」

妹と同じ、最愛の者を見つめる目でのおねだり。

自分の意思でそう言おうと心に決めた通りを口にすることができた。

（ああ、ご主人様に甘えるのって……なんて気持ちが良いの♡）

「任せとけ‼　淫乱サキュバスふたりとも、いっぱい可愛がってやるからな‼」

その言葉を聞き届けたご主人様が、抽送をもっと激しくしてくれる。

「あっ♡　あっ♡　ああああっ♡」

「出すぞ……‼　悪魔特攻の聖なるザーメン……‼　子宮で全部受け止めな‼」

言われて、差し出すように自ら大きく股を広げるライラ。

肉棒に奉仕するために全力で絡みつく膣肉。

どぷっ……びゅるるるんっ！　びゅぶぅ、ぶぴゅっ、ぶびゅびゅびゅびゅうぅっぅ！

「あっ♡　あっ♡　ひんッ♡　んッ〜んん〜〜〜〜〜〜♡」

主従の契りの熱流を注ぎ込まれ、乳房がぶるぶると震えるほどに全身を痙攣させる。

「あぁ……♡　最高……♡」

そう呟いて、ライラは忘我のオーガスムスへと飛び立った。

「……お疲れ様です、勇者様」

ティアーネが荷物から浴巾を取り出し、汗を拭ってくれる。

ベッドに横たわるライラの下腹にはドロテアと同じ隷属の紋章が現れていた。

これで、もう安心だ。

だが、それよりなにより――

「あー気持ち良かった……」

そのひと言に尽きる。

「まさか魔族とヤルことになるとは思わなかったな……」

直樹は目を閉じて感慨のため息を吐いた。

この冒険の旅の中でという意味でもあるが、元の世界なら絶対あり得ないことだ。

それが、こんな風に体験できるなんて。姉妹丼というオマケつきで！

しかし、危ないところだったのも事実だ。

「ティアーネがいてくれて助かったよ……」

再び肉棒をしゃぶり始めたドロテアはそのままにして、直樹は礼を言った。

「当然のことをしたまでです。勇者様……」

「いや、大活躍だったじゃないか！」

やはり、彼女は謙遜するタチなのだ。

だが、この状況――

ベッドには恍惚としてマ○コから精液を垂れ流しているライラ、そして、直樹の股間にむしゃぶりつき、残り汁を夢中で吸い続けるドロテアという破廉恥極まりない情景。

その中でティアーネひとりだけが修道服に身を包み、真面目な顔をしているというのも、なかなかそそられる。

直樹は、彼女の腰に手を伸ばし、抱き寄せた。

「それじゃ、次は……ティアーネも一緒にやろうぜ」

「あっ……」

尻を撫で、胸を揉む直樹の手を拒みはしなかったが、ティアーネはためらいをみせた。

「ゆ、勇者様……でも……聖職者の私が魔族と一緒に抱かれるというのは……」

「おいおい堅いこと言うなよ。ずっと近くで見てて、欲しくなってるんだろ？」

本心を見透かし、下乳をすくい上げて、たぷたぷと揺すってやる。

「あっ……♡　あっ……♡」

「もうふたりは仲間なんだから、気にすんなよ」

直樹はティアーネの言い訳ごと柔肉を揉みしだく。

「勇者様……まだサキュバスの催淫が解けていないんですね……」

しかたない、という口調。

しかし、とろけた顔で——

「それでは聖職者として私がなおしてあげないとダメですよね……」

「あぁ、そういうことだな……」

直樹はティアーネのスカートをめくると、部屋の机に手を突かせた。

ガーターはそのままにしてショーツだけをずり降ろして挿入する。

「あっ……ああっ♡」

「あー最高……ティアーネのデカ尻は……思わずバックで突きまくりたくなっちまうな」

「もうっ、やめてください、勇者様……いつもそんなこと考えながらしてたんですか？」

「いいじゃないか。俺は好きだぞ」

ずぷずぷずぷっ！　どちゅどちゅどちゅっ！

気安い会話を楽しみながら、いつもの相手とするカジュアルなセックスも良いものだ。

そこへライラがベッドから降りてやって来る。ようやく余韻から醒めたらしい。

「ねぇ、ご主人様ぁ♡」

「ごっ……!?」

いきなり、そんな風に呼ばれて直樹は戸惑った。

勇者様というのにようやく慣れたかと思ったら、今度はこれか。

「デカ尻が好きならドロテアのだって是非味わってよ♡」

そう言って妹をティアーネと並べさせる。

確かに、このふたりのデカ尻具合は優劣がつけ難い。

どちらも身体つきは豊満なタイプ。尻だけでなく、おっぱいもボリュームがある。

（お……でも、それだけじゃないぞ）

ティアーネが清楚で、ドロテアは男好きのする感じ。そんな雰囲気の違いこそあるが、ふたりとも大人しく控え目——妹淫魔に至ってはお喋りすらしない——なのだ。

（地味な性格でエロい身体の女って……いいよなあ！）

「ちょっとぉ♡　ご主人様ったらぁ……♡」

ライラが鼻にかかった甘え声で手を伸ばし、直樹のチンポを妹へと誘導する。

「ほら、ふたりでいいことしてあげる♡　淫魔姉妹とっておきのコンビプレイよ♡」

「なんなんだ……？」

「ご主人様は動かないでいいからねぇ♡」

そう言って後ろにしゃがみ、ライラは思い切り顔を押しつけて直樹の肛門を舐め始めた。

「うおっ！」

冷やっこい唾液と熱い舌肉の侵入に、ぞわっとした快感が背筋を駆け抜ける。

すると、姉の動きに呼応してドロテアが腰を動かし始めた。

（前後からの同時攻めか……！）

尻穴を舐めてもらいながらの挿入は好きなプレイだ。

フィリアたちにも度々やってもらっている。だが――

（こっ、これは……!?）

違う……！

ライラの口奉仕も絶妙だが、決定的なのはドロテアの方だ。

自ら腰を前後させながら、膣口をひくひくとすぼめたり、上下にスライドさせて淫唇でねぶったり――そう、マ○コというより、口の動き……下のお口とはよく言ったものだが、その言葉を体現するテクニックだ！

「なっ、なんて腰遣いと舌遣い……!!　前後から刺激が……!!」

召喚されて以来、色々なプレイを味わってきたが、また新しい快感を知ってしまった。

「んっ、んっ」

小さく悦びの声を上げながら繊細に膣を動かすドロテアに合わせての、ライラの丁寧な舌の運びもさすがだ。

舐め上げ、吸いつく可愛らしいその息遣いは、愛するご主人様への奉仕そのもの。

「ん～～～～♡　ちゅううっ♡」

「うっ、うあぁ……やばっ、出そう……」

「ダメダメ♡　ふたりにこれを交互にやってもらうんだから♡」

「えっ、私もですか……？」

「おぉ……そりゃいいな、せっかくのデカ尻コンビなんだし」

ライラに言われて躊躇(ためら)うティアーネに、面白そうだと直樹はチンポを移す。

「あっ♡　あんっ♡」

「さあ、俺は動かないぞ……マ〇コの動きだけで気持ち良くしてくれよ」

「う、ううっ…こ、こうです……か？」

「そうよ……膝も使ってね♡　んちゅっ♡　ぴちゃ……♡」

おずおずと腰を前後に振り始める彼女に、尻穴を舐め続けながらライラが助言する。

そのおかげか、ティアーネの動きも次第に大胆になっていく。

「んああっ♡　勇者様……私、ちゃんと出来てますか……？」

アドバイスの通り、膝を柔らかく使って腰を大きく回し、ぐいぐいと肉棒を締める。

（ううっ、ドロテアとは違うけど、これはこれでスゲェいやらしい……）

「うっ……どっちも気持ち良すぎる……!!　ううぅ!!」

「ふふ♡　段々コツがわかってきました……♡」

「へぇ、人間にしてはやるじゃない♡」

直樹に褒められ、ライラにも認められて、ティアーネは照れ臭さそうだ。

いっそう淫らに大きな尻をグラインドさせる。

悪魔に手ほどきを受ける聖職者って、いいのだろうかとも思うけれども！

でも、まあ……仲良くなれて良かったというところか！

直樹はそう割り切った。そして、そろそろ辛抱ができなくなっていた。

「ティ、ティアーネ……いくぞっ！」

後ろから乳房を鷲掴みにし、修道服の胸の部分を完全にはだけさせ、密着状態から腰を振り立てる。

どちゅっ、どちゅっ、どちゅっ、どちゅっ、どちゅうっ！

「はあっ♡　はあんっ♡♡　ゆ、勇者様ぁっ♡」

「で、出る……!!　うっ……」

びゅちゅひゅちゅっ、びちゅっ、びゅぱあああああっ！

そのまま膣内に射精すると、いまだ濃い精液を子宮に浴びて聖職者のマ○コはびくびくと悦びにわななないた。

「うぅ、すげぇ吸いつき……!!」

「はぁ……♡　はぁ……♡」

絶頂し、肩で息をするティアーネから引き抜いた肉棒は萎えもせず白濁を吐き続ける。

「はぁ、はぁ……まだ射精が止まらない……」

淫魔の体液の効果はちょっとやそっとのことでは収まらないらしい。

「それじゃ、ドロテアにも……気持ち良くしてくれたお礼な……!!」

「あっ♡　んんぅっ♡」

　ザーメンをどくどくと噴出させたまま挿入し、おっぱいを揉みしだいて全身を密着させ、最後まで出しきる。

　それでもまだ収まらない勃起を、今度はライラが放ってはおかなかった。

　ベッドに移り、姉妹仲良く股を拡げて直樹を迎える。

「ちゃんと可愛がってくれるって……約束してくれたわよね、ご主人様♡」

「お、おう……もちろん……」

　挿入してやると、ぬっぷりと咥え込んだ肉棒を、とことん味わいつくそうと両手両足の全部を使って絡みつく。脇にはドロテアが胸を押しつけ寄り添って支えてくれる。

　最後にはティアーネも加わり、直樹もの美女たちの肩に腕を回しての王様スタイルだ。

「ふふ……三人相手で攻守交代ね♡」

「うぅ、ヤバ……すぐイキそうに……」

　身を寄せ合う女たちの柔らかさと温かさがたまらない。

「あはは♡　さっきまでの余裕が嘘みたい♡　それじゃあ、媚薬でもっと気持ち良くしてあげる♡　皆でいっぱい気持ち良くなろ♡」

「んんっ……」

　上の口を繋げて体液を交換すれば下の口でもびゅるびゅるぶちゅぶちゅと体液が混じり

合う。そんな四人を乗せてベッドが激しく軋む。

「はあ♡　あっ♡　あっ♡　あっ♡　いくっ、またイキますっ！」

「んっ……♡　んんっ……♡」

「あっ、あ♡　んっ♡　ご主人様ぁ……」

どこに触れても柔らかな、女の掴み取り。むせるほどに甘く濃厚な牝の匂い。

最高に贅沢だ。幸せとは、このことだと思い知る。

「わぁ、すっごぉい……♡　まだまだいっぱい搾り取れるね♡」

キスしながらの射精をドロテアとも、ティアーネとも交代で堪能し、それでも尽きない
直樹の精力にライラが感嘆の声を上げる。

「こんな絶倫なご主人様相手じゃ……あたしたちが負けちゃうのも無理ないわね♡」

「い、いや……もう……さすがにそろそろ限界だ……!!」

「あぁん♡　もっと出来るでしょ♡　こんなにガチガチなんだからぁ♡」

「それはサキュバスの力のせいだっての……!!」

尽きない精力は三人の女たちとて同じだった。

淫魔の姉妹は言うに及ばず、ティアーネも我慢していた分だけ貪欲に直樹を求めてくる。

「最後にいっぱいぶっかけてやるからな!!」

騎乗するティアーネ、それからライラ、ドロテアと交互に挿入し、膣内出しを決めると

直樹は締めくくりに入った。

ドロテアの胸にチンポを挟み、柔らかな乳房を両手でぎゅっと寄せる。

ぎゅむ……ぐにゅにゅにゅっ、ぬぽぬぽぬぽぽ……びゅぷうううぅぅうっ！

飛び散るザーメンが、しどけないドロテアのとろけ顔に降り注ぐ。

立ち上がって肉棒を差し出せば、ティアーネとライラがふたりして舌を突き出して口の中に白濁を押し戴く。

彼女たちの美しい髪も、愛らしい顔も、眩い裸身もすべてが精液まみれとなった。

だが、それでも、まだ欲望は尽きないらしく、みんなで直樹に取り縋る。

「ふふ……まだまだ硬いじゃない♡　面倒見るって言ったんだから、責任取らなきゃね♡」

「勇者様……♡　私がスッキリさせて術を解いてあげますからね……♡」

「だから、もっと続きを……ね♡」

（マジかよ……服従させたと思ったけど……これじゃあ、どっちがご主人様だか……！）

もうこうなったら、何度でもヤッてやる！

そう開き直る直樹だった。


そして、夕刻――

「もー……お土産買い過ぎよ」

「う、うるさいわね！　別に全部あげるわけじゃないんだから！」

「相変わらず金遣いが荒いですね……」

宿の前で文句を言われているのは、買い込んだあれやこれやを山と抱えたリュゼだ。

武器を買いに行ったはずなのだが、道中、これは珍しがるだろうとか、あれは美味しいからと口実をつけての散財だった。

「勇者様に無駄遣いするなって、どの口が言ったのかしら。リュゼにお金を持たせるのは駄目ね。後先考えないんだもの」

そんな小言も、どこ吹く風で言い返しもせずホクホク顔なのは、耐乏生活からの解放がよほど嬉しくてしかたないのだろう。

「さてさて、勇者様はちゃんと勉強してるかしら……」

フィリアは肩をすくめて宿の階段を上った。リュゼもご機嫌なまま軽口を叩く。

「どーせ、アイツのことだから、ティアーネとエッチしてんじゃないの？　サボってたらとっちめてやらなきゃ。でも、真面目にしてたら……ご褒美を考えてあげてもいいかもね」

鼻歌交じりで部屋の扉に手をかける。

そのとき、ミラが耳をピクリと動かした。

「あの……リュゼさん。今はやめた方が……」

「なに言ってるのよ。今更、アイツが裸でいたって驚かないわよ」

ミラの鋭い聴覚と嗅覚が察知した部屋の中の気配は、それどころではなかったのだが、伝える前にご機嫌エルフは勢いよく扉を開けてしまう。

「帰って来たわよ！　お土産あるから、ありがたくいただきなさ……」

ベッドの上で直樹と絡み合う裸の女。

それはある程度、予想はしていたのだが——

でも、いち、にい、さん……。

ティアーネと…………………………………………………あと、誰？

リュゼの腕の中の買い物タワーがぐらりと揺れ、次の瞬間、宙に舞った。

「なんなのよ、その女ぁぁぁぁぁー!!!」

「ま、待てっ！　話をっ……話を聞いてくれ!!」

直樹が釈明しようと跳ね起きる。

が、怒り心頭のエルフは聞く耳を持たなかった。

第四章　女海賊と愛人契約!?

商業都市の活況は、実は早朝がピークなのだという。

というのも、近隣の山村や漁村からやって来た行商人たちが通りに蓆を連ねて鈴なりとなるからだ。彼らは午前中に商品を売り切って、昼を過ぎれば帰路に就く。

この朝市を見ずしてリハネラを語ることなかれとまで言われるとか。

「確かに、こりゃ……」

昼の街のにぎわいに大いに驚かされたが、それ以上の人出に直樹は舌を巻いた。

だが、時間帯のせいか、どこかのんびりとした雰囲気もある。

煙る朝霧に響く売り子の呼び声も穏やかなものだ。

売り物は山や海で獲れた生鮮食料品が主で、けっこう匂いが強いので獣人族の嗅覚には問題ないのだろうかと、直樹は隣を歩くミラをそっと窺ってみたが平気そうな様子だった。

「悪いな、ミラ。買い物につきあわせて」

「いえ……」

実は、朝っぱらから、こうしてふたりだけで外出しているのには訳があった。

昨夜はあれから淫魔の姉妹を巡っての大騒ぎとなったのだが——

「リュゼの機嫌が直るまでは部屋に戻れないからなぁ」

「相手は魔族ですからね。無理もありません」

思案顔でミラが言う。

「契約がある以上、裏切られる心配はなさそうですが……」

ミラとフィリアは、ティアーネの説明に一応納得してくれたようだが、ふたりの処遇についていて、仲間にするなどもってのほかだとリュゼが猛反発しているのだ。

もちろん、直樹の言い分などハナから耳を貸す気もない。

話し合い（というより、ほとんど口喧嘩だったが）は決着がつかず、今朝はとうとう、話がややこしくなるからと追い出されてしまった。

頑固エルフの説得に頭が痛そうなフィリアには気の毒だが、気を揉んでもしかたない。

(昨日は留守番だったし、俺としては街の見物に出られて良かったと思うことにするか)

「まさか、魔族のしもべができるとは思わなかったよ。ご主人様ーなんて呼ばれてな！」

「……」

ミラは直樹ほど楽観的ではないようだったが、特に意見があるわけでもなさそうだった。

「ところで、今日はどういった買い物を？」

「うーん……それが、すぐには思いつかなくてな」

出がけに渡された小袋の中には、小銭がじゃらりと詰まっていた。

が、大金というわけでもなさそうというのは直樹にもわかった。

「武器を買おうにも、貰った小遣いじゃ足りなさそうだし……なんなら、ミラの用事から先に済ましてもいいぞ。なにかフィリアに頼まれてたよな？」

「はい。商会での交渉を……」

「それも買い物なのか？」

「買い物というか、船室の確保です。姫様の追手の懸念がありますから、陸路ではなく、船でレスデア領外へ出ようということに……」

「おおっ！　船旅か、次のマップに進む感じがするな！　でも、交渉って？」

「沿海を航行する船は基本的に商船ですから……乗組員以外を乗せることはありません。便乗したければ、その分の積み荷と引き換えられるぐらいの船賃を要求されます。私たちは五……いえ、七人もいますから、価格交渉をしないと」

最後のくだりを聞くに、ミラはもう、ライラとドロテアを仲間の数に入れているようで、直樹としてはちょっと嬉しいような、ホッとするような。

それはそれとして、事情は理解できた。

どうやら、この世界では船というのは気軽に乗れるものではないらしい。

定期便の客船だとかは存在しないのだろう。

元の世界でいえば大航海時代あたりの交通事情だろうか。

「それなら、やっぱり俺の買い物は後回しにした方が良さそうだな。大変そうじゃないか」

ところが、ミラはかぶりを振る。

「それが、船主となる商会はこの時間、積み荷の上げ下ろしなどで忙しいので、行っても門前払いされます。ですから、買い物でもして時間を潰してからの方がと……」

「ううむ、そうなのか。そしたら、どうするかなぁ……」

直樹は考え込んだ。

ふたりで散策するのもデートみたいで楽しそうだが……と、そこで閃いた。

「そうだ！　この辺りで一番安い宿はいくらぐらいなんだ？」

「宿……ですか？　食事抜きであれば、銅貨で四、五枚といったところでしょうか……」

ミラが怪訝な顔をしながらも教えてくれる。

「おぉ、それなら足りるな！　行ってみようぜ」

港の近くにある宿は、陸で滞在する際に異国の船乗りたちが利用するためのものということで、直樹たちが泊まる街中の宿よりも簡素なつくりをしていた。

飾り気もなく一見すると宿というより、ただの掘っ立て小屋のようだ。部屋も小さく、あるのはベッドと棚ぐらい。燭台なども見当たらない。

暗くなったら一杯ひっかけて寝るだけという船乗りたちには必要ないのだろう。

それでも、思ったより清潔なのは悪くなかった。

「なるほど、いかにも安宿って感じだが……最低限の物は揃ってるな」

「わかりません、勇者様……宿はすでに取ってあるのに、なぜわざわざ……」

ミラが、彼女にしてみれば当然の疑問を口にする。

「へへ……こうするためだよ」

「んっ⁉」

直樹はミラの腕をとるとロングスカートをまくり上げた。

黒レースのフロントフリルが入った白いショーツが露わとなる。

「ゆ、勇者様……⁉　そんないきなり……あっ……」

女の香りが匂い立つ蒸れた股間に、いきなり鼻づらを突っ込まれて狼狽（ろうばい）するミラ。

だが、直樹はおかまいなしにショーツの上から舌を這わせた。

「ダメです、勇者様……ここの壁では……声が外に聞こえてしまいます……あっ」

「それなら声は我慢しないとな」

れろっ……れろれろっ……！

布地の向こうに仄（ほの）見える割れ目をなぞって舐め上げると、ミラの太腿が震え出す。

「あぁっ……」

「んんぐっ」

ショーツの上から巧みにクリトリスを探り当て、ぐりぐりとほじってやる。

すると、腰砕けとなってミラはへなへなとベッドに座り込んだ。

「な、なんでこのような所で……宿に戻れば……いくらでも……んっ……」

「それじゃふたりきりになれないだろ。それに、こうしてると女をラブホに連れ込んでるみたいで興奮するんだよ」

「ラブホ……？　いったい何を……」

知らない言葉に戸惑っている間にも、直樹の舌の動きは激しさを増し、その眼前ではショーツが徐々に透け始めていた。

それは唾液のせいだけではないのは明白だった。

声を押し殺しているが、確実にミラは感じ始めていた。

(我慢してる顔がめちゃくちゃ可愛いぞ……)

すでにペニスははち切れんばかりとなっていたが、もう少しいじめてやりたくて時間をかける。内股周りを鼠径部中心にたっぷりと舐め回し、脚を広げさせていく。

「俺の元いた世界ではな、セックスをするためだけに借りれる宿があったんだよ……俺もいつか女と入るのが夢だったが、叶わなかった……だから、せめて雰囲気だけでもな」

「あぁっ、あっ……」

ミラはもう説明が聞こえてはいても返事を返せなくなっていた。

思いがけない行為にか、声を漏らしてはいけない状況にか、あるいはそのどちらもか、興奮に身をわななかせ、すでに何度か軽くイッているようだ。

そして、とうとうミラはベッドに腰を下ろしたまま、百八十度の大開脚となった。

抗いはせず、後ろ手をついてその姿勢のまま直樹の与える快感に耐える。

その背後に直樹が回り込んで抱きかかえると、彼女は頬を上気で染めたまま尋ねた。

「何故、私なんですか？　他にも魅力的な方は……」

「なんだ、嫌だったのか？」

快感で涙目となっている横顔を眺めながら、直樹はショーツに手を忍び込ませた。

たっぷりと舐めて敏感になった恥裂と秘豆に、今度は指でより強い刺激を送り込む。

「ああっ……そういうわけでは……」

「前々から、ミラとはじっくりと一対一でヤリたいと思ってたんだ。なんせミラは、俺にとって初めての従者だからな……」

「んんんっ」

目を伏せる羞恥の表情。女の奥から溢れ出す恥液でびしょびしょになっていくショーツ。

「お城じゃ、結局なんだかんだで邪魔も入ったからな……いい機会だし、ご主人様としてお前の好みをしっかりと把握しておかなきゃ」

そう言って愛液が糸を引いて絡む手を見せつけると、ミラは口元を隠して頬を染めた。

「へへ……こんなにグチャグチャに濡らして。手マンが好きなの覚えておくぜ」

「……」

恥ずかしさで目を開けられないでいる彼女だったが、そっと唇を寄せると求めるように口を開き、舌を差し出して迎え入れ、その柔らかい接触に、びくんと身体を震わせる。

キスはやがて熱を帯び、互いにわざと音を立てるものとなった。

ミラが淫らさに酔い始めている。乱れ始めた自分を見せることで、直樹を更に興奮させ、より強い快感を与えてもらおうというように。

「勇者様……私もう……」

訴える目が切なく潤んでいた。

「あぁ、俺はいつだっていいぞ。好きな体位で入れてやる……」

そう言われて、一瞬どうしようかと躊躇ったミラだったが、恥ずかしそうに小さく頷き、おずおずとベッドにうつ伏せとなる。

「後ろから突かれたいのか？　自分のマ〇コがチンチンを咥えてるところを、ご主人様に見てもらいたいんだな」

「そっ、そんな……」

口ごもるが、すりすりと秘裂を肉棒でなぞられると、観念して自らショーツを降ろす。

濡れ光るピンクの秘筋、いやらしく求め震える肉襞が晒される。

魅惑の光景の中で、黒い尻尾は期待するかのように左右に大きく振られていた。

「申し訳ありません。本来なら私が奉仕すべきなのに……」

「そんなこと気にするなって、一緒に気持ち良くなろうぜ……」

直樹は焦らしなぞりしていたチンポに角度をつけて、垂れ落ちる蜜の源泉へとゆっくり潜り込ませた。

ず……ぶ……ずぶぶっ……ぎゅぎゅぎゅっ……！

「んっ……んんんっ!!」

挿入の快感に声を漏らしてしまわぬよう、ミラは両手で枕にしがみつき、噛みしめる。

大きな鼻息をつき顔を真っ赤にして、耐えるのに必死だ。

「おぉ、やっぱ……奥めっちゃ当たるな……だからこの体位が好きなんだな？」

こつんこつんと子宮口をつつくと、締めつけで答えが返ってくる。

「んんっ！　んー!!　んっ♡　んんんんっ♡」

「自分から腰を浮かすほどいいのか？　いい感じに締めつけがキツくなってるぞ」

突くほどにミラの尻がせり上がり、グラインドに合わせてうねる。

感じて自ら腰を動かされると気持ちがいいだけでなく、男としては気分も良い。

だが、女としては、はしたなく、ふしだらに思われないかと恥ずかしいものだろう。

ミラは顔を枕に完全に埋めてしまった。

（可愛すぎるぞ！　でも、恥ずかしがってる表情を見ない手はないよな！）

と、獣耳に息を吹きかけプルプルさせ、思わず顔をあげたところをキスに誘う。すると、ミラも夢中で首を捻って応え、舌を突き出す。

直樹はそのままミラの背に密着して腕を回し、胸を揉みしだきながら激しく突き続けた。

「んあっ♡　ああぁっ♡」

ぐちゅっぐちゅぐちゅ、むにむにっ……れろっ、ぴちゃっ、ぐにゅぐにゅっ、ぐにっ！

びくんっ、びくんっ！

相変わらずミラは無口だったが、その全身が雄弁に官能を物語る。

「イッたのだけはわかるように思い切り締めつけろよ！」

「はぁっ♡　ああっ……♡　はっ♡　はひっ♡」

息も絶え絶えとなりながらの返事は喘ぎ混じりの鼻声だった。

そして――

「はぁっ、はぁっ、うっ……ミラ……」

完全にとろけきったマ〇コの肉熱と気持ち良さに、直樹にも限界がやってくる。

「勇者様……私はもう……」

察したミラが目を潤ませたまま言う。

「何度もイカされてますので……どうか……思い切り射精してください！」

女の――いや、メスの本能が、男を受け止めたがっているのだ。

ミラはどうにか身を起こして壁に手をつき、大きく股を開いた膝立ちとなった。

汗にまみれた白い尻、蜜汁を溢れさせる、もっちりとした淫唇。

自分の淫らな部分を、ご覧くださいとばかりにすべて晒して直樹のスパートを促す。

そのいじらしい態度に直樹も肉棒の出動を加速させた。

恥液に滑る愛の肉を何度も何度も貫き、奥の奥まで子種の届け先をノックする。

「うっ……射精るっ‼」

どぷっ……びゅるっ、びゅるるっ……びくっ、びくっ、びくんっ！

「んんっ♡　んんっ～～～～～～♡　んんっ～♡♡♡♡♡」

射精と共に大きくアクメし締めつけるミラ。

ペニスの脈動と膣肉の痙攣が重なる。

「うぅ……うっ……！」

直樹は壁に押しつけたミラの膣内にザーメンを注ぎながら……荒い呼吸が落ち着くまで、

「はぁ……♡　あっ……♡」

彼女の身体を抱き締め続けた。

チンコを引き抜くと子宮をいっぱいに満たしていた白濁がベッドに滝と垂れ落ちた。

それでもまだ互いに火照りが収まりきっていないのが肌を通して伝わる。

熱っぽい瞳で再びミラがねだる。

「勇者様、どうか続きを……♡」

「あぁ、何度でもやってやる……」

直樹は彼女の従者服を脱がせにかかった。

首元のリボンをほどき、ブラウスのボタンをひとつずつ外し、前をはだけてブラジャーだけにし、膝にかかっていたショーツを足から抜く。

(こうされるのを期待してたな……)

自分では指一本も動かさず目を伏せてされるがままとなっているミラは、直樹のしたいようにさせているというより、脱がされることの興奮を味わっているようだ。

ブラの肩紐を外されていくことを、はみ出させられた乳首にキスされるのを……剥かれていくその過程に悦びを感じているのだ。

直樹は乱れたスカートの前を留める交差紐を解き始めた。

「まさに恋人同士のラブホエッチって感じがするな……感謝するよ、ミラ」

「そんな……畏れ多いです。私はあくまでも勇者様のお世話をする身ですから」

ついに生まれたままの姿となったミラは、ベッドの上に膝立ちのまま、秘所と胸を手で覆ったが、直樹が頼むと顔を赤らめながらもそれをどけた。

「綺麗な裸だ……じっくりと見せてくれよ」

「はい……」

そして、再び舌を絡め合う。

「あっ……♡　んは……あ、ああっ……♡」

直樹の手マンを受け入れて、ミラの舌使いが段々と激しくなっていく。

拡げられ、奥をほじられ、その熱襞からしたたる恥蜜が再び溢れて止まらなくなる。

「よし……今度はここで……」

ひとしきりの愛撫の交歓を経て、直樹はミラを連れてベッドを降りると窓辺に立たせた。

「えっ……でも、人に見られてしまいます」

「昼間だからか外に人の気配もないぞ。それに二階だし大丈夫だって」

そう言ってもう一度キスしてやると、もうミラは抵抗できない。

催淫効果も出始めている。なにより、彼女もラブホエッチの雰囲気に淫心を刺激されて、いつもより淫らな姿を見てもらいたいと感じている。なしくずしに窓に手をつく。

「ああ……」

色情に堕ちゆく自分にうっとりとし、愛撫に応えて舌を泳がせる。

「もう一度バックから突いてやるからな……」

ひしゃげる乳房を押しつけた窓ガラスに映る彼女の声なき悦鳴の表情を確かめながら、直樹は何度も何度もミラの膣内に出してやった。

宿を出た頃には、太陽はずいぶん高くなっていた。

(いやー気持ち良かった！)

隣を歩くミラをチラ見する。

もちろん、きちんと服は着直して、傍から見てもいつもの彼女と変わりはない。

しかし、ついさっきまでは乱れに乱れ、スカートの下のその秘所には、今もなお直樹のザーメンが注ぎ込まれたままなのだ。

街を歩く通りすがりの人たちにはわからないだろうが——

(ラブホでのセックスは連れ込むだけじゃなくて、こういう醍醐味もあるのか……)

ちょっとした優越感に、自然と顔つきが緩む。

武器は駄目だったが、代わりに念願のラブホエッチは手に入れることができた。

直樹は大満足だった。

「……って、時間！　大丈夫か⁉」

「ええ、丁度いいです。商会通りも近くですから、お昼を食べたら向かいましょう」

悲願達成の感激で、用事のことをすっかり忘れかけていた直樹だったが、しっかり者の彼女はそうではなかったようだ。

「さすが、ミラ……切り替えが早い」

というわけで、食事を済ませた後は商会通りと呼ばれる区域に足を運んだ。

商会の建物は市街地の商店と違って、造りが大きく倉庫のようなものが多かった。

直接品物を売っているわけではないので建物そのものに飾り気はなく、周囲には雑然と木箱や樽、麻袋などが積まれている。

ただ、どの商会も看板だけは凝ったデザインをしている。

それが自分たちの格を示すと商人たちが考えているからだとミラが教えてくれた。

「あれはスレ……ジャ商会、こっちはメフノア……商会？　へっへっへ、読めるぞ！」

つっかえながらでも字が読めるというのはなかなか楽しい。

ミラが何軒も商会を当たり、条件に合う船を探すのについて歩きながら、勉強の成果に自信をつけた直樹は、今度からもっと真面目にやってみようかなどと考えすらした。

ティアーネが喜びそうだ。

「勇者様、お疲れでは……？　出航時期や行き先が丁度良い船がなかなか見つからなくて……時間がかかってしまい申し訳ありません」

「全然平気だって！　ミラの方が大変だろ？」

気遣うミラに、へっちゃらだと手を振ってみせる。実際、疲れなどない。

「色々と聞いた限り、おそらく、次の商会の船で決めることができそうですので」

「ああ、交渉なんて俺には無理だからな。任せるよ」

そして、彼女の言う通り、次に訪ねた商会で望みの船が見つかった。

海千山千といった感じの老獪そうな船主相手に、ミラは動じず価格の取り決めを進め、無事に契約書にサインの運びとなった。

「いやー、本当にミラは凄いな！　普段から思ってたけど、仕事ができるよな！」

「そんなことは……船のことは詳しくありませんし、知識があればもっと船賃を安くしてもらえたかもしれないですし」

謙遜するミラだったが、スカートの後ろでふわっふわっと揺れる尾を見れば褒められて嬉しがっているのがわかる。

「結局、いくらかかったんだ？」

「前金は払いましたので、残りはこの金貨を出航前に……」

「金貨⁉」

ミラが渡してくれた金ピカのコインは小遣いの銅貨よりひと回りも大きかった。

表面には幸せそうな笑みを浮かべた王女の肖像が刻印されている。

（これがレスデア王国の金貨か……うーむ、立派なものなんだろうが……）

マリィのあの性格を知っている直樹からすると、実に馬鹿っぽい金貨に見えてしまう。

……まあ、それはいいとして。

「しかし、金貨まるっと一枚分って……これ、もしかして残りの全財産じゃないのか？」

七人の大所帯とはいえ、直樹が想像していた以上の額だ。

「全財産ではありませんが、そうですね……これでほとんどを使い果たすことになります。ただ、当座の船旅の間ぐらいの分は残っていますからご安心ください」

ってことは、その先はやはりまた金策しなくてはならないのか。

そのこと考えると気が重いが、まずはあの百足がそれほどのお金になったことを素直に喜んでおくべきだろう。

「次の行き先はフィリアさんの郷里だそうですから、なにかあてがあるのかもしれません」

「ほう……そーいや、お姉さんがいるって言ってたな……」

などと話しつつ、商会を出た直樹が、貴重なお金をミラに返そうとしたとき――

どんっ！

「うわっ……」

何かに勢いよくぶつかられ、落としそうになった金貨を慌てて握りしめた結果、直樹は派手に転んだ。

「勇者様、お怪我はありませんか⁉」

「あたたた、いや、大丈夫……って、おいっ、俺よりその子の方が大丈夫か⁉」

ぶつかって来たのは、みすぼらしい身なりの少女だった。直樹よりふたつかみっつ年下といった年頃だろうか。小さな身体を丸くして地面にうずくまっている。

「悪い……話に夢中で周りをよく見てなくて……」

そう言って助け起こそうとすると、少女がガバッと跳ね起きた。

(んっ？　エルフ……!?)

もつれた小麦色の髪から飛び出す長い耳。

種族の特徴に軽い驚きを覚えるも、それ以上にドキリとしたのはその暗い瞳だった。

美しいダークブルーの、しかし、あらゆる感情の光を灯すことを一切拒絶しているかのような闇の深い瞳孔……。

その一瞬後、すぐさま立ち上がった彼女が走りだそうとするのを、ミラが抱きとめる。

「血が出ています。膝を擦りむいたんですね……傷口を洗いましょう」

だが、どういうわけか、彼女はジタバタともがいて逃れようとするではないか。

「怒ったりしていませんから、暴れないで……」

それでも少女はミラの手を振りほどこうとする。

そして、揉み合っていると——

「おーや、おやおや、捕まえてくれたのかい？　お礼を言わなくっちゃね。助かったよ」

少女が駆けて来たとおぼしき方向から、ゆっくりと歩いて来た女が声をかけてきた。

「なんだ……？　か、海賊!?」

その姿に直樹が思わずそう口走ったのも無理もないこと。

その女は、蓮っ葉な口調を裏切らない外見をしていた。

背になびく燃えるような赤い髪。二の腕が剥き出しの袖なし礼装外套。

つばの広い三角帽には金色の縁取りと羽飾り。

外套の裏地と羽飾りは、どちらも彼女の美しい髪の色に合わせた鮮やかな真紅だ。

腰にはサーベルを吊り下げた剣帯と、フリントロックの銃を収めた黒革のホルスターを巻きつけ、どこからどう見ても直樹の知る海賊のイメージそのものだ。

「人聞きの悪いことを言うんじゃないよ。この国の領海じゃあ良い子にしてるんだから。もっとも、地元の縄張りでひと暴れしてきたんで、ほとぼりを冷ましてるところだがね」

女海賊が不敵にニィッと口の端を上げる。

そのまま真っ直ぐに見つめ返され、直樹はドギマギとして目を逸らしてしまった。

悪目立ちするその服装もさることながら、迫力ある身体つきにも目のやり場がない。

交差紐できつく締め上げたオフショルダーのブラウスに収まりきらずにいる乳の谷間。艶めかしく張りつくキュロットズボンのしなやかな太腿のライン。

（すげーエロいぞ、この人の身体……）

猛々しい海賊ルックのはずなのに妖艶なセクシーさも漂うのは、例えばコートの高襟に見え隠れする鎖骨だったり、分離袖で露出している繊細な肩の線、吸い込まれそうな腋の窪みなど、女らしい部分を隠そうともしていないせいだろう。

「袖振り合うもなんとやらだ、自己紹介しておこう。あたしはアルメラ・アルミラルダ。貴婦人鮫（レディシャーク）号の船長さ。よろしく……ボウヤ」

アルメラと名乗った女海賊は、挨拶代わりか帽子のつばを指でピンと弾く。

「この子はウチの奴隷なんだ。逃げ出したのを追ってきたところでね。さあ、船に戻るよ、リムリィ！」

呼ばれて少女は身をすくめたが、やがてミラの手を振りほどくと、のろのろと頭を垂れアルメラに従った。

「お、おい、ちょっと待てよ！　まだ子供じゃないか、なのに奴隷って⁉」

「勇者様……年齢に関係なく、売買の契約があれば奴隷は奴隷です」

「なに言ってんだ、ミラ！　そんな……」

説明してくれただけだったのだろうが、それがかえって平然としているように聞こえて、直樹はつい語気を荒くしてしまった。

だが、考えてみれば、ここは異世界。奴隷というものがあってもおかしくはない。

「でも……可哀想だろ！」

「それは……」

思いがけない直樹の強い反応に戸惑いつつも、ミラは頷き同意を示すが、

「ですが、奴隷を自由にできるのは所有者の権利です。私たちにはどうすることも……」

そう言って、とぼとぼと歩いていく少女を見送ることしかできない。

「所有者の……そうか！」

直樹は少女を連れて立ち去るアルメラに駆け寄った。そして、握りしめていた拳を開く。

「おい！　これで、その子を俺に売ってくれ！」

直樹の手の平に乗っているものにアルメラは目を見張った。

「子供の奴隷に金貨を一枚も？　はっ、正気かい？」

「いけません！　それは……！」

動転したミラが止めに入る。

当然だ。このお金がなければ船にも乗れないし、明日からの生活にも困る。

みんなで苦労してサバイバルしてきたことも、タダで宿に泊めてくれたナタリヤさんの厚意も、足を棒にして商会を周り、交渉したミラの努力もすべてが水の泡になるのだ。

でも……それでも！

「わかってる。けど……俺のいた世界では、奴隷なんていないんだ」

「奴隷が……いない？」

信じられないというように訊き返すミラに直樹は頷いた。

「この子だって、逃げ出したってことは、今の境遇を嫌がっているってことだろ……？　見過ごすことはできない！」

小声でのやりとりだったが、最後は自分でも思いもしないほど気持ちが入ってしまった。

そこだけを耳にしてアルメラが口を挟む。

「ははは っ！　この子は本当には逃げ出したりしちゃいないよ。港に寄る度に目を盗んで抜け出すがね。結局、いつだって私に見つけられるのを待っているんだ。そういうのは、逃げるのとは違う……ただの甘えさね」

「だからって……」

なおも言い募ろうとすると、それを制してアルメラが言う。

「まっ、少女奴隷が金貨一枚で売れるんなら文句はないがね。でも、そっちの嬢ちゃんの口ぶりじゃあ、使っていいお金じゃないんじゃないのかい？」

「うっ……」

意外にもあっさりと承諾されてしまい、逆に怯む直樹。

すると、突然ミラが言った。

「かまいません……お使いください」

「えっ……いいのか⁉」

驚く直樹にミラが優しい顔を向ける。

「勇者様がいつも聞かせてくださる元の世界のお話……私は好きです」

アルメラには聞こえないように囁き声だったが、明確に自分の意志が込められている。

いつも控え目な彼女にしては珍しいことだ。

「ラブホというものがあったり、奴隷がいなかったり。想像もしていなかった、そういう世界があるのだと教えていただく度に私の視野は広がります。そんな世界で暮らしてきた勇者様のことにもどんどん興味が湧いて……ですから、どうぞお考えのままに。その先がどうなるのかを見せてください……私は、もっと貴方のことを知りたいので」

「あ、ありがとう……ミラ！　恩に着るぜ！」

というわけで、と再び金貨を差し出すと、今度はアルメラの方がたじろいだ。まさか、ミラが許すとは思っていなかったのだろう。

だが、さすがに海賊だけあって、すぐに気を取り直して豪快に笑ってみせる。

「あーっはっは、なんだか知らないが……世間知らずはボウヤだけじゃなかったようだね……いいよ、わかった。売ってやるさ……だが、その前に確かめておきたいことがある」

「なんだ？」

「……あんた、そういう趣味かい？」

「ち、違っ……‼」

ロリコンなのかという意味なのは明白で、直樹は慌てて打ち消す。

実際にはストライクゾーンはかなり広い方なのだが、この場合は断じて違うったら違う。

真面目な話をしているのだ！

「そういうのは仕込んじゃいないからね……それがお望みなら他を当たっておくれよ」

「いや、別にお望みじゃないから！」

「じゃあ本当に可哀想だから助けたいって理由で買い取るのかい？　あんた、よっぽどのお人好しだねえ……まあ、どうでもいいけれども」

呆れた顔をしてアルメラは思案を巡らせ……それから、ふうっと息を吐いた。

「わかった。あたしとしては美味しい話だし、かまわないよ。ウチの船までついてきな！」

そう言って、踵を返す。

「お、おい！　今ここでじゃないのか？」

「そういうわけにもいかないのさ。奴隷はちゃんとした商品だからね。しっかり契約書を取り交わさないと後でモメることだってある。ボウヤたちもそれは嫌だろう？」

「……」

そういうものなのかどうかわからずミラを見ると、静かに頷き返される。

どうやら嘘ではないらしい。

（ウチの船って、海賊船ってことだよな……）

おっかなそうな感じもあるが、見てみたさもある。

どっちにしろ、奴隷の少女――リムリィを助けるためには乗り込むしかない。

それに、話をした感じ、海賊だがアルメラは悪い人間ではなさそうな気もする。

「よし……案内してくれ」

直樹は心を決めると、ミラと共に女海賊について港へと向かった。

沖合に停泊するアルメラの海賊船には桟橋から小舟に乗って渡らなければならなかった。

接舷し、甲板から垂らされた縄梯子をよいしょ、よいしょと登る。

「お頭、お帰りですかい！」

「ひゅう！　男連れだ。昼間っからお客さんですかい？」

乗組員たちは女ばかりだったが、海賊だけあって言葉遣いはアルメラ同様に荒っぽく、厳つい体格の者が多かった。

剥き出しの肩や腕、胸の谷間、逞しい太腿の陽に焼けた素肌が目に眩しい。

（おお……男前だけど、美人揃いだな）

直樹は持ち前のスケベ眼をついつい光らせる。

なかなかの豊作に、うっかりしていると目的を忘れてしまいそうだ。

奇妙なことに、海賊らしい水夫姿に混じってドレスアップしている女たちもいる。

レスブールの王宮でシディカやマリィが着ていたものほど高級ではなかったが貴婦人の礼装というやつだ。髪を綺麗に結い上げ、化粧もしており、海賊船には似つかわしくない。

不思議そうにしている直樹を見てアルメラが言った。

「ようこそ、貴婦人鮫号(レディーシャーク)へ……この船は港では娼館船になるのさ」

「娼館船……？」

つまり、海上の売春宿ということか。

綺麗に着飾った女たちがいる理由がわかった。

「ふふ……世間知らずのボウヤには、まだ早い場所さね。あんた、まだ女も抱いたことがないだろう？」

「え⁉　いや、その……」

そんなことはないんだけれど、真実を正直に言えば言ったで差し障りがあるような。

非常に答えに困る質問に直樹が口ごもると、周りの女たちがどっと笑い声をあげた。

「他に何の用があってこの船に来たのさ！」

「お頭が筆おろしをしてやるって誘ったんじゃないのかい⁉」

「初めてはあたしとどうだい？　好みのタイプだから色々教えてあげるよ！」

女海賊たちが童貞と決めつけて、からかいの言葉を投げつける。

だが、こういうのが日常的なノリなのだろう、他意はないようで、アルメラがお黙りと一喝すれば、すぐに騒ぎは静まった。

「さあ、船長室で契約書を作ろうじゃないか。こっちにおいで」

通されたのは、狭いながらもあちこちが装飾された船室だった。

調度品の趣味はあまり良いとは言えず、小動物の骨をじゃらじゃらと繋げた壁飾りや、子猿のはく製、つやつやとした黒檀の羅針盤……と、海賊っぽさ全開だ。

部屋の真ん中に一番場所を取って鎮座している大きなデスクにはガラス板が乗せられ、机いっぱいに広げられた海図が挟み込まれていた。

窓辺にハンモックが掛けられているので、ここはアルメラの寝室でもあるのだろう。

「さて、と……」

腕椅子に腰を下ろしたアルメラはデスクに羊皮紙を広げると、髑髏（どくろ）のインク壺に挿してあった羽ペンでサラサラと細かい決め事を書きつける。

「……さあ、できた。あとはここにサインをすれば、リムリィはボウヤのものさ」

そう言って、向き合う直樹にペンを放って寄こす。

「坊や、坊やって……俺は直樹って名前なんだがな」

「なら、それを早く書いとくれ。字が書けないのでなければね」

「あ、私が……」

「ミラ、大丈夫だ。任せてくれ」

ティアーネとの勉強の成果がここでも発揮されることになるとは！

子供扱いするアルメラに馬鹿にされたくない気持ちも手伝って、直樹はミラを止めると、契約書の署名の部分にペンを走らせた。

ちゃんとこの世界の文字でナオキ・オイカワと書き記す。

（なかなか格好良く書けたぞ！　うーん、達成感……）

署名のデキの良さを心の中で自画自賛し、契約書をアルメラに渡す。

すると、女海賊はそれだけじゃないだろうと、促すように手をヒラヒラさせた。

「金を寄こしな」

「ああ、わかった……」

大切なお金だ。今一度、心が揺らぐ。だが、少女を奴隷の境遇から救うことは、もっと大切なことなのだと自分に言い聞かせ、直樹は金貨を差し出した。

「よし……契約成立だ」

受け取った金貨をしっかりと裏表確かめてアルメラが言う。

（ふう、緊張した……淫魔の次は海賊と契約なんて、思いもしなかったぜ）

でも、これでひと安心だ。

直樹はリムリィに笑顔を向けた。

「さあ、一緒に船を降りよう！」

が、アルメラの低い声がそれを遮る。

「なにを言ってるんだい？　船から降ろさせなんかしないよ」

「は？」

突然の豹変。驚いて直樹は訊き返した。

「今、契約書にサインしただろ⁉」

するると、女海賊がニヤリと口の端を吊り上げる。

「ああ、したとも。でも、それは、ボウヤの契約書さ。ボウヤがこの船専属の男娼になるというね！」

「だ、男娼⁉」

「驚いたのはこっちだよ！　冗談のつもりで書いたら真面目な顔でサインするのだもの。でも、こうなったら丁度いい。本当になってもらおうじゃないか」

「騙したな！」

「人聞き悪いことを言いなさんな。騙しちゃいないだろ？　あたしは契約書を見せた……ボウヤはそれにサインをした。それだけさ、違うかい？」

正論だ。直樹は言い返すことはできなかった。

「ぐっ……」

「娼館船のお客さんと言えば、どこでも港の警備兵と決まっているんだがね。レスデアの兵隊は女しかいないだろう？　実は商売あがったりで困っていたんだよ。早速、今夜から女を抱きまくってもらうよ」

そんな、ありがたい！

（って……違う、違う！　駄目だ！）

それではリムリィを救うことも、魔王を倒す旅を続けることもできなくなる！

直樹は一瞬緩んだ頬を引き締め直した。

「勇者様、ここは私が……！」

身構えたミラが背後で囁く。

ラブホエッチをしたばかりで彼女はパワーアップしている。海賊など軽く蹴散らせる。

だが、直樹はそれを命じなかった。

彼女を制止し、キリッとした顔でアルメラに向かって言う。

「わかった、それも人助けだな。この船の男娼になろうじゃないか……よろしく頼む」

「あんた、男娼の意味がわかってんのかい？」

あまりにも素直な受け入れ方に、ハメた側のアルメラの方が拍子抜けした顔をする。

意図を解せないミラも小声で問いただす。

「……勇者様⁉」

直樹は彼女の耳元に囁いた。

「姫さんの件があるだろ……騒ぎを起こして目立つとまずい。ここはひとまず俺に任せて帰ってくれ。とって食われるワケでもなさそうだし、上手いことやって、勇者の力で逆に言いなりにしてやるさ」

「そうおっしゃるのなら……」

「みんなにはすぐに戻るって伝えといてくれよ」

ミラを引き下がらせると、直樹はアルメラのふくよかな胸元に視線を泳がせた。

淫魔をも虜にした勇者のザーメンの威力、思い知れ。

(女海賊の攻略か、こいつは楽しみだ！)

もちろん、脱出するため、奴隷少女の救出のために……だ。

本当だよ？


大海原を赤く染めて水平線に夕日が沈んでゆく。

その揺らめく陽炎(かげろう)に届けとばかりに響き渡る大きな叫び声。

「ちょ、ちょっ、ちょっと……これはなんか違うんじゃないのか……おーい！」

直樹は海賊船のメインマストに鎖で繋がれていた。

アルメラに命じられた手下にこうして拘束され、かれこれ数時間だ。

女海賊たちは直樹にはかまわずに、めいめいの仕事をしているようだったが、陽が落ち始める頃には誰もいなくなってしまった。

(男娼ってこういう扱いをされるものなのか!?)

これでは、アルメラを虜にするもなにも、その前に干からびてしまうのでは!?

いきなり計画が狂ってしまっているではないか。

「おーい、誰かーっ！」

身をよじり、力の限りに叫ぶ。

と、水の入った椀が差し出された。

「飲んで……」

リムリィだ。

身動きのとれない直樹の口元に少しだけ背伸びしてお椀を持ち上げてくれる。

それをごくごくと飲み干して、直樹はぷはあっと息を吐いた。

「水がこんなに美味しかったなんて……わざわざ持って来てくれたのか？　ありがとう」

「言われたから……」

少女が呟く。アルメラの指示か。

「それでも、持って来てくれたのはリムリィだろ……嬉しかったよ」

お礼の言葉に返事はなく、奴隷少女はただ上目遣いで直樹を見つめるだけだった。

考えてみれば、彼女と会話するのはこれが初めてだ。

「そうだ、まだちゃんと名乗ってなかったな。俺のことはナオキって呼んでくれ」

そう言って笑顔を作ってみせる。

「絶対に助け出してやるからな！」

「……」

リムリィは無言のままだ。

確かに、鎖で柱に括りつけられた状態で言っても説得力はまるでない。

彼女は勇者の力のことも知らないわけだし、こんな女の子にエッチしてザーメンの催淫効果で脱出を図るなどと説明するのもはばかられる。

どうしたものかと考えを巡らせ、直樹はアルメラの言葉を思い出した。

「リムリィは……ここから逃げ出したいんだよな？」

脱走しても捜しに来るのを待っているという話を鵜呑みにするつもりはなかったけれど、気になるところではある。

すると、ポツリと答えが返ってきた。

「わからない……」

「わからないって？」

その表情からはなにも読み取れない。

「アルメラは、私が逃げることを知らないって」

甘えとか言ってたやつか。

だが、直樹には女海賊の言い分は厳しすぎるようにも思える。

「うーん、リムリィが逃げたと思っているんなら、それで良いような気がするけどな……」

「アルメラだっておかしいの」

　今度はリムリィの方から話しだす。心を開いてくれたというよりは、ずっと抱え込んでいたことが思わず言葉になったようだ。

「逃げられるものなら逃げてみろって意地悪を言うの。でも、そういうときは、見張りが甘くなって簡単に抜け出せる……それなのに、陸に上がったらすぐに追いかけてくる」

「わざと逃がしておいて、すぐに捕まえに来るって？」

　確かにそれはおかしい。

「なに考えてるのかわかんない女だな……俺のことも詐欺みたいな手口で引っかけたし」

　だが、それはそれとして、リムリィ自身が逃げたいかどうかの答えにはなっていない。

「リムリィは、この船にいたいのか？」

　そうだとしたら、直樹はただのお節介だったということだ。

　それでお金を巻き上げられた挙句、こんな目にあっているのなら世話はない。

「わからない……でも」

「でも？」

「……」

　少女は次の言葉を口ごもる。

　そして、それは無駄に威勢の良い笑い声に遮られた。

「あーっはっはっ！　仲良くなれたようでなによりだね！　ここからは大人の時間だよ。リムリィ、アンタはあっちに行っておいで」

アルメラだ。

口にしかけていた言葉を呑み込んでリムリィが小走りに立ち去る。

それをしっかり見送ってから女海賊は直樹に向き直った。

「待たせちまったけど、悪く思わないでおくれ。宣伝に忙しくて手が足りなくてね」

「宣伝だと？」

「決まってるだろう？　ボウヤの宣伝だよ。手下たちを使ってウチに男娼が入ったって、吹聴(ふいちょう)して回らせていたのさ、港中の女兵士たち相手にね！」

「港中の……」

直樹はゴクリと唾を呑んだ。

「ふふっ……大仕事になるよ。でも、その前に……」

帆柱に繋がれた直樹の前に、アルメラが身を寄せる。

丁度、太陽が海に没する瞬間だった。

一日の最後の光が海面をきらめかせ、世界に秘め事の時間が来たことを告げる。

青白い月明かりの中、女海賊のシルエットが直樹の前にかがみ込む。

「うっ……」

股間に添えられたアルメラの手つきの意外なほどの女らしさに、直樹は思わず呻いた。

「あたしはね、恋人は作らない主義なんだ。だけど、貴婦人鮫号初の男娼っていうんなら、船長自ら手ほどきをして仕事を仕込んでやるってのが筋というもんだろ？」

するすると、直樹のズボンの中に忍び込むしなやかな指先。

「ああ……もうこんなに硬くして……ボウヤだとばかり思っていたら、ずいぶんと立派なものを持ってるじゃないか。熱くなれそうだよ」

妖艶に唇を舐め、アルメラは更に熱を込めて肉棒に指を絡め始めた。

「くっ……」

身動きのとれない直樹はされるがままだ。

だが、動く必要もないほどに、アルメラの指奉仕は行き届いていた。

しごくだけではなく、一本一本の指がまるでそれぞれ別の生き物のように蠢き男性器の隅々までをくすぐる。

「逃げ出したいなんて思わなくなるようにしてあげるよ……」

亀頭に熱い息が吹きかかる。いつの間にかズボンが降ろされてしまっていた。

そそり勃つ直樹の肉棒にアルメラが感嘆の声を漏らす。

「ふふっ、仕込みだってのを忘れちまいそう」

言うなり、熱舌がねぶりついてきた。

ちゅるるっ、ぬちゅっ……ぐぷ、ぬぷぷっ……

「さあ、あたしの口の中で溶けちまいな……」

じゅぷじゅぷと唾を泡立たせ、すぼめた唇で亀頭の先だけを何度も出し入れする。

突き出した舌がカリ首の顎を舐めあげる。

（ううっ……なんてエロい……フェラなんだ！）

ライラとドロテアのテクニックも凄かったが、アルメラのはなんというか、込められた情念が凄い。その濃厚なおしゃぶりが、やがてペニスのすべてを呑み込むほどになっていく。

女海賊は激しく首を前後させ、滲んだ我慢汁を美味しそうにすすり上げた。

「んちゅっ、ふうっ……どうだい、自分でするよりいいだろう？」

あくまでも子供扱いされるのが癪だったが、それもしかたないと納得させられるほどの、大人の口性技だ。

「あ、ああ……」

「いい子だね。出したくなったらいつでもあたしの口の中に出していいんだよ」

それが男を興奮させることを知っているひと言。

ぞるるっ……じゅぱっ、じゅぱぱあっ！

肉棒の前に膝をつき、身体を大きくしならせて、肉棒の根元から先までを一気に咥内で滑らせ、フェラチオとは全身でするものなのだと直樹に知らしめる。

好きなときに出せと言っておきながら、彼女は確実に自分で射精させるつもりだった。

直樹の上半身をはだけさせると、両手を這わせて愛撫しながら乳首に歯を立てる。

そして、ゆっくりと今度は自分の服の前をはだけ、こぼれ出た乳房は、その大きさにも関わらず重力に逆らった見事な張りを誇っていた。尖った乳首も、天の月を指してピンと上を向いている。

その先は肉棒だ。挟み込んで、そのまま再び口の中に咥え込む。

むにゅにゅっ……じゅぽ、じゅぽぽっ！　むにゅ、じゅぷぅっ！

「ううう……」

彼女がどういういきさつで海賊をしているのかは知らないが、小手先のテクニックや、舌使いがどうとかではなく、男をイカせるという貪欲で明らかな意志を感じさせる迫力のディープスロートに、直樹はたちまち追い込まれ、肉先を爆ぜさせた。

びゅぷっ……びゅるるるっ、びゅううっ！　びゅ――――っ！

「ああ……ボウヤのザーメン……物凄く熱い……それに、こんなにいっぱい……」

アルメラはうっとりとした目で白濁にまみれた口の中に舌を泳がせて、ごくりごくりと嚥下(えんげ)を見せつける。

「すっかり身体が火照っちまったよ……ふふっ」

「お、俺も凄く……良かった……」

「じゃあ次は、女の抱き方を教えてやらないとね」

そう言ってアルメラは直樹の首に両腕を回し、芝居がかった仕草で抱きついた。

キスをされるのかと思ったが、そうではなく、直樹を繋ぎとめていた枷が外される。

「こっちへおいで……」

と、船尾のへりまで連れて行き、そして――

いきなり、アルメラは直樹もろとも海へと飛び込んだ。

「うわああああああっ！」

ロマンチックに夜の海でも眺めながらするのかと思っていたら、完全に不意をつかれた。

「こぼっ……わわわ……わぼっ……なっ、なにを……？！」

「言ったろう？　抱き方を教えてやるってね」

必死で水を掻く直樹の傍らに浮かび上がったアルメラがしがみつかせてくれる。

「ふふ……これが女を抱くときの力加減さ……憶えておきな。これぐらい力強く抱いて、
初めて女は身体の芯から燃え上がるんだよ」

マジかよ！　それは勉強になります……とかそんな場合じゃない！

必死にアルメラに掴まる直樹を抱えたまま、アルメラは器用に船べりまで泳ぎ着いた。

そして、投錨の鎖を片手に、胸の中の直樹に口づけする。

「ん……♡」

さっきのフェラとはまったく違う、母性すら感じさせる優しいキスだった。

そのおかげか直樹も平常心を取り戻す。落ち着けば、今まで経験したことのないほどに女体を近くに感じていた。

夜の海の冷たさの中に、寄せ合った肌の温かさ。

ただ口を繋げるだけの静けさに、女海賊の鼓動が乳房の向こうから伝わる。

それは、忘れていた安らぎを思い出させてくれるようだった。

しかし、やはり男と女は淫らにならずにはいられないもの——そう教えるかのように、アルメラの手が水の中で直樹の股間をまさぐり始めた。

直樹もまた、同じようにアルメラの水を掻く両脚の付け根を探った。

(水の中だと……ずいぶんと勝手が違うんだな……)

いつしか、そう思うほどの心の余裕すら生まれていた。

浮かんでいるのでしっかりと掴むようにしないとマ○コが触れない。

しかも、水を吸ったキュロットの生地はブ厚く、その下に覆われた性器を確かめるには強く力を込めなければならなかった。

「んあっ……♡　そ、そうよ……♡　もっと強くしてもいいんだよ……」

ばしゃりと波飛沫を上げてアルメラが身を喘がせる。

そして、もどかしげにベルトを緩めると、自らキュロットを腰の部分だけ脱ぎ降ろして、直に肉裂へと直樹を誘う。水中でも愛液のぬるりとした感触はあった。
だいたいの見当で奥へと指を進めると、アルメラが唇を震わせて色っぽく喘ぎ出す。
「あああんっ……♡　ボウヤのくせに……そこの触り方だけは一人前だね……んんっ♡
そ、そうよ……もっと……奥……まで……♡　あたしのマ○コをとろけさせて……」
そう言って昂るままに錨の鎖に両腕を絡ませ、下半身を浮遊させると両脚でがっちりと
直樹を挟み込む。
「挿入れてごらんよ……♡」
(で、できるか？)
不安定な波の中で最初、直樹は上手く動けなかったが次第にコツを呑み込んできた。
アルメラが支えてくれているし、びびりさえしなければ、実はけっこう自由に動ける。
少しずつ重心を後ろに倒して腰と腰を近づけていけば……。
じゅぷ……
筒先が秘裂に触れると、そこからはアルメラが手伝ってくれた。
直樹に絡めた両脚に力を込めて、自分の方に引き寄せる。
「あ……ああっ……入ってくる……ボウヤのオチンチンが……膣内に……♡」
海中にあって、女の胎内の燃えるような熱さは際立っていた。
(前にティアーネと河の中でシたことがあったけど……)

それ以上に女体との一体感を感じるのは、足もつかない深さのせいもあるだろう。あのときは、水に身体を沈めていただけだったが、今は完全にふたつの肉体は浮遊している。そして、波のうねりもある。

直樹は自分たちの身体を大きく持ち上げる波の動きに合わせて腰を動かし始めた。

それは雄渾(ゆうこん)な突き上げとなってアルメラの口から悦鳴を迸らせた。

「あんっ♡　ああっ……なんて飲み込みが早いんだい……初めてとは思えない……ああっ……ああんっ……こんなに感じるなんて……♡」

「俺もこんなの……ううっ、初めて……」

身体を固定できない海中では、互いの性器の繋がりだけが確かなものだ。

アルメラにとっては直樹の肉棒が、直樹にとってはアルメラの蜜壺だけがすべてだ。

ごぽおっ……ごぽこぽっ……びゅぶぶぶっ……

気泡と共に水中に溢れたザーメンが波間に白い藻屑となった。

びしょ濡れとなって甲板に戻ると、直樹は腕を取られて船長室へと誘われた。

歩きながらアルメラは部屋の床に次々と服を脱ぎ捨てていく。

剣帯を、コートを、ブーツを、キュロットを、床に散乱させ、ハンモックに裸身を投げ出すと、大きく脚を広げてその燃える裂孔を直樹に見せつけた。

「さあ、その熱いので、あたしを暖めてちょうだい……」

ずぶ濡れになった服を脱ぎ捨てると、直樹はすっかり冷えた身体を暖めてくれる唯一のものにむしゃぶりついた。

海中セックスで教えられた通りに、ハンモックの網目が広がるぐらいに強く抱き締め、アルメラの大きな乳房を吸い上げる。口中で乳首を転がし、千切れるぐらいに愛噛みし、柔肉の中に押し込み、捩じり、ほじり返す。

「ああんっ……はあんっ……はあっ……♡　ボウヤを見くびっていたかもしれないね……あたしとしたことが、こんなに激しくされるなんて……」

勇者のザーメンの催淫効果を知らないアルメラには、これほどに感じさせられたことが信じられないようだった。もちろん、これまでのハーレム生活で鍛え上げられた、直樹のテクニックのせいもあるのだが。

「じゃあ、そろそろボウヤじゃなくて、名前で呼んでくれよな」

アルメラをハンモックに跨らせ、その後ろから抱き締める。

「ああんっ♡」

ハンモックのネットを握りしめるアルメラの裸身が反り返った。

網目に食い込んだ乳房を握りしめ、優しく、ときに激しく揉みくちゃにしてやる。

「あっ、ああっ……もう我慢できない……♡　挿入れてちょうだい♡」

すっかりとろけ顔となったアルメラの顎を掴んで振り向かせ、直樹はその唇を啜った。

「んっ♡　んんっ……♡」

（いい感じになってきたぞ……ここからだ）

マストに縛られたり、海に落とされたりで思っていたのとは違ったが、結果オーライだ。

予定通りアルメラを陥落させて、リムリィを連れて逃げよう。

直樹はチンポを肉裂に添わせただけにして焦らしに入った。

挿入れるか挿入れないかと期待を煽って辛抱を強いつつ、アルメラのクリトリスを網のところでコリコリとこすって悲鳴を上げさせる。

「ひあっ……ああんっ……意地悪しないで……は、早く……うぅんっ……はぁっ♡」

アルメラの股間は、ぐちゅぐちゅの蜜坩堝と化していた。

切なげな懇願には耳を貸さず、指を浅瀬に挿し込んでは抜き、焦らしに焦らす。

（そうだ、ついでに……）

焦らし責めをするならばと、疑問に思っていたことを尋ねてみることにする。

「さっき聞いたぞ、リムリィには意地悪を言っているらしいじゃないか？」

「あたしが意地悪を……？　なにかの間違いじゃ……ああんっ♡」

「逃げられるものなら逃げてみろって……逃げられないのをわかってて苛めているんじゃないのか？」

問いかけと共に、ぐりっと指を捻って膣の奥に届かせる。

「んあああっ♡　ちっ、違うよ……そんなんじゃないんだ……あ、ああっ……♡」

「じゃあ、どうしてなんだ？　答えないとチンポはお預けだぞ」

「……」

アルメラはなにごとか葛藤をしているようだった。膣内をこねまわされる快感に耐えて、答えまいと歯を食いしばる。

（そんなに言いたくないことなのか？）

が、肉棒の先で小陰唇をぶちゅぶちゅと突かれ始めると、ついにアルメラも根負けした。

「あ、ああん……♡　言ったら……そしたら、それを挿入れてくれるのね……？」

「ああ……本当は意地悪じゃないんだろ？」

なんとなくそう思っていたことをそのまま口にしてみる。

すると、アルメラは頷いた。

「そうさ……そんなんじゃないよ」

その先を促すように、肉棒を少しだけ膣口に沈めて軽く揺さぶる。

「あ、ああっ……挿入って……くる……♡」

「理由を話してくれよ、そうしたらもっと気持ち良くしてやるぞ……」

ずっぷ、ずぷぷ、ずっぷん、ずっぷ……

肉襞をめくり返して緩い往復を繰り返す。

性感の急所は突かずに甘痒い疼きだけを与え続ける責めだ。

「ああっ♡　あんっ♡　後生だよ、もっと奥まで……ぇ♡」

悶えるアルメラはなんとか肉棒を子宮まで届かせようと腰をくねらせるがハンモックの弾性も利用して上手く躱し、直樹はそれを許さない。

「わかった！　わかったからぁっ……♡　い、言うよ！　あたしも……奴隷だったからさ」

「えっ⁉」

意外な答えに直樹は戸惑った。

「恋人は作らない主義って……そう言っただろ？　昔、オトコに騙されて……奴隷として売られちまったんだよ……」

アルメラの背中に流れる赤い髪、そして白い肩が震えていた。

「……でも、あたしはその運命から逃げた。反乱を起こして奴隷商船を乗っ取ったのさ。それ以来ずっと、海賊として奴隷商船ばかりを襲って生きてきた……」

「それって、つまり……奴隷を助けてるってことか⁉」

「女奴隷で望む者がいれば仲間にすることもあるがね……それが貴婦人鮫号の乗組員だよ。全員、元は奴隷さ」

「それじゃあ、どうしてリムリィは奴隷にしたままなんだ！　おかしいじゃないか！」

「自分の力で奴隷でなくなって欲しいからさ。あの子はまだ子供だ。故郷もわからない、親も無事でいるかわからない。だったら……自分で大人になるしかないんだよ」

「いや、それ……」

アルメラが親代わりをしてやっているということじゃないか。

意地悪そうにして、実は成長を望んでいたということか。

「それならそう言って……優しくしてやってもいいんじゃないのか？」

「そうしたら、あの子が懐いちまうだろ……いいんだよ、嫌わせといたほうが」

そういうことか！

（この人、悪党なんかじゃない……それどころか、めちゃくちゃ善人なんじゃないか！）

いや、待て……良い話のようだが騙されないぞ。

「それじゃ、どうして俺を騙してこんなことさせてるんだ？」

すると、アルメラは笑った。

「それはそれ、これはこれさね。奴隷商船を襲ったってカネにはならないからね。娼館で稼げないとオマンマの食い上げなんだよ……それに、契約書にサインしたのはボウヤだよ」

「ぐっ……」

よーし、わかった。話も聞けたことだし、あとは本当に脱出だけだ。

直樹は言い負かされたお返しとばかりに、肉棒をアルメラの秘裂の奥まで突っ込んだ。

「んはあっ……♡　凄いっ……ボウヤはきっと人気になるよ！　ああっ、ああんっ♡」

「名前で呼んでくれって言っただろ？」

「駄目だよ、ああんっ♡　名前で呼んだら恋人になっちまう……あっ♡　そ、そこっ♡」

どちゅっ、どちゅっ、どちゅっ、どちゅっ……！

ハンモックが千切れ落ちるのではないかというぐらい、直樹は激しく突き、アルメラもそれに合わせて腰を振る。

「なら、愛人はどうだ？　お客さんだけのチンポにしとくのはもったいないだろ？」

「あ、愛……人……そっ、それなら……」

甘い喘ぎを上げながら、アルメラは切なく眉を寄せた。

「俺だって、ただの男娼でいるより、あんたの愛人ってほうがロマンチックでいいよ」

きっと、恋人に騙された過去が彼女をこんな性格にしたのだ。

そして、だからこそ、セックスにはロマンを求めている……。

思えば、マストでのフェラチオも、海中での性交も大胆で刺激的すぎた。

（ライラたちにはマ〇コにはそれぞれ違いがあるって言ったけど……）

女にもそれぞれ背負って来た人生があり、エッチに求めるものも違うということか。

しがみつくほどの強さで抱き締めろとアルメラは言った。

それが女の求める力加減だと。

だが、本当は彼女がそうやって抱き締めてもらいたかったんじゃないのか？

直樹はアルメラを起こすと、向き合って交わり直した。

「愛人らしく抱いてやるよ……」

そして、身体を繋げたまま身を投げ出すと、ハンモックが身体を包み込んで、網の力でいっそうきつくふたりを結びつける。直樹は奥へ奥へと肉棒を突き進めた。

勇者の肉棒が与える快感と心の底の願望を撃ち抜く抱かれ方にアルメラは尋常ではなく乱れ始めた。

「ひうっ…んはあっ♡　あっ、ああっ……駄目ぇ……んあはあ……っ♡　こ、こんなのっ……あああんっ、こんな凄いの初めて……♡　いいっ……いいわっ……もっと、もっと強く……ああっ、ああんっ♡　ナオキ！　なおきぃっ！」

蓮っ葉な女海賊の仮面をかなぐり捨てて、すっかり乙女となった彼女のきゅうきゅうと締まる可愛い膣肉を隅から隅まで突いて突いて突きまくる。

水中でのときと同じで、不安定なハンモックもコツを掴めばクルクルと回転しながら、上になり下になり自在に角度を変えられる。

「ああっ……♡　なにこれぇっ……？　く、くるっ……奥からぁ……あああっ♡♡」

びゅぷっ、びゅぷううっ！

アルメラの膣から潮が床の上に飛び散った。

絶頂したのだろう、密着したまま彼女はぴくんびくんと身体を震わせている。

が、そこから更に直樹は腰を激しく振った。

ずぷっ、ぶちゅ、ずちゅぶうっ！　どちゅ、どちゅ、どちゅ、どちゅうっ！

絶頂の高みから快感が再び押し上げられて、それまで以上の大きな法悦となって女体に襲い掛かる。

「あーっ♡♡♡♡♡　あ。ああっ……もう駄目っ……駄目っ、駄目駄目駄目っ、いくっ、んあああっ、いくっいくいくいくっ、ああっ、ナオキ！　ナオキッ……いくぅっ、あああ、いく、いくっ、いくいくいくっ……いくうううううっ♡♡♡♡♡」

どぴゅううううっ！　びゅぶ、びゅぷぶるるるるっ、ぴゅぶうぅぅぅ……！

勢いよく流れ込む熱液が子宮を満たすと同時にアルメラは再度の絶頂をした。

絡みついたハンモックの緊縛の中で大きく身体を弾ませる。

女海賊の息遣いを感じながら直樹は膣内の温もりの中で射精の余韻が鎮まるまで肉棒を挿入れたままにして抱き締め続けてやった。

そして、いざ身体を離そうとして――

完全に網の中に搦め捕られてしまっていることに気づく。

（しまった……ヤッてるときは夢中だったけど、これ、どうやって外に出たらいいんだ？）

「おい、アルメラ……アルメラ……？」

助けを求めようと声を掛けるも、彼女は気持ち良さそうに目を閉じて返事をしない。

どうやらアクメで失神しているらしい。

しかたなくひとりでもがいていると、絡まっていたハンモックが突然、くるくるくるくるっと回転し、直樹は宙に放り出された。

「あいてっ！」

床に転げ落ち、したたかに尻を打つ。だが、どうにか外には出られた。

「危ない、危ない……ハンモックに絡まって逃げられませんでした……なんて笑えないぞ」

アルメラの方は奇跡的にというか、放り出されることはなくハンモックの中にちゃんとくるまったまま、すぅすぅと気持ち良さそうな寝息まで立てている。

その顔はとても安らかそうに見えた。

いや、きっと本当に安らかなのだろう。

元は奴隷だったという話……色々と心に抱えたものがあるのは彼女もリムリィと同じだ。

戦い、生き抜いてきた分、それはむしろもっと複雑で重いのかもしれない。

直樹との愛人セックスでその重荷を一時、忘れることができたようだ。

肌を重ね、心を通わせると情も移る。

(う～ん……どうしたものか)

リムリィを連れて逃げるには絶好のチャンス到来だが……

このままアルメラを置き去りにするのも、なんだか忍び難い。

と、船長室の扉が外から叩かれた。

「お頭！　そろそろ時間ですぜ！　お客らが……港中の女兵士たちがわんさか詰めかけて早く男娼を出せって……これ以上は騒ぎになっちまう！」

(港中の女兵士がわんさか⁉)

そう聞いて、チンポがぴくりと反応する。

騙されたのだから娼館船の商売を手伝う義理はないが……お客さんには罪はない。

がっかりさせるのも可哀想じゃないか？

直樹はそう自分に言い聞かせた。

「せっかくだし……な」

今夜だけ相手をして、帰るのはそれからでもかまわないだろう。


それから三日が過ぎた。

「あんの馬鹿っ！　帰ってこないと思ったら、なにやってんのよ！」

直樹を信じてもう少し待とうというフィリアたちを押し切って偵察を主張したリュゼが一行と共に港の桟橋で目撃したのは——昼間から娼館船に押しかける女兵士たちの長蛇の列だった。

なんでも、新しく入った男娼が物凄いらしいとのこと。

「お城のときといい、なんなの、あのスケべは！　目立つとマズいから俺に任せろって？

めちゃくちゃ目立っているじゃないのよ！」

「申し訳ありません、私がついていながら……」

「ミラが謝ることないわ。全部アイツが悪い！　まったく、女となると見境ないんだから
……こうなったら、直接乗り込んで奪還するわよ！」

「それしかなさそうね……」

息巻くリュゼに、フィリアもさすがに同意する。

「でも、相手は海賊よ。騒ぎも起こしたくないし、どうすれば……？」

一行のリーダーとしては悩み所だ。良い知恵はないかと考えを巡らせる。

すると、リュゼが言った。

「作戦ならあるわ……ちょっと、あんたたち！」

「なによ～」

呼ばれてダルそうな顔をするライラは、ドロテアともども冒険者の旅姿に変装中。

魔族バレ回避のための配慮である。

「それ、淫魔の魔法で服と見せかけているのよね？」

「そーよ、幻覚の術でね」

「あたしたちにも、その術をかけることはできるでしょ？」

「できるけど～……それで、どーするのよ？」

面倒臭そうにライラが問う。

「男を買いに来た旅の冒険者に見せかけて乗船するのよ。それでナオキを連れて逃げる」

「ちょっと、ご主人様のこと気安い呼び方しないでよ」

「うっさいわね！　あんたたちより私のほうが、付き合い長いんだから……」

「まぁまぁ、リュゼさん、今はそれどころじゃありませんし……」

ここまで一緒に来るのでさえひと悶着あったのに、更に蒸し返されてはたまらないと、ティアーネが仲裁に入って、ふたりはどうにか矛を収めた。

「ティアーネとミラは留守番をお願いね。アイツは必ず連れて帰るから任せて」

「それじゃあ、リュゼと私、あとはライラで……」

フィリアがまとめようとすると、ライラが口を挟んだ。

「ドロテアも一緒よ。行くなら四人ね」

「なに勝手に決めてんのよ！　私はまだあんたらを仲間と認めたわけじゃないからね」

「別にこっちも仲間にしてなんて頼んでないんですけど～」

「ふたりともいい加減にしなさいよ！　今はそれどころじゃないでしょ！」

視殺戦で火花を散らす淫魔とエルフに、フィリアが堪忍袋の緒を切らす。

というわけで、海賊船への渡し船にはライラ、ドロテア姉妹とフィリア、リュゼで乗り込むことになった。客の行列の番をする海賊の手下に、なけなしの所持金を袖の下として渡し、順番を譲ってもらう。

武器の携帯をボディチェックされるが、そこを変装の術でカモフラージュし無事に渡し船に乗り込んだ。

「……戦いになったらどうするつもりなのよ？」

「大勢で取り囲まれたら勝ち目がないから、そうならないようにはしたいけど……パワーアップさえできればどうとでもなるわ。まずはそれね」

フィリアとリュゼが小声で話していると、またしてもライラが横から口を出す。

「あたしたち、荒っぽいのは嫌だからね」

「最初からアテになんかしてないわよ」

「フン……！」

顔を背け合うリュゼとライラ。

「まったく……」

困った顔をしつつも、フィリアにはふたりが似た者同士のようにも思えるのだった。

そして、いよいよ海賊船に乗り込み、甲板の女海賊たちを値踏みする。

「やっぱり、そこそこ手強そうね……」

「そうね、でも、変装は怪しまれていないみたいだから、このまま……」

そう言ってリュゼが頷いたときだった。

「みぃんなぁ～♡　くっせもっのよ～～～～♡」

満面の笑みを浮かべてライラが大声で叫んだ。

「オトコを連れ戻しに来た奴らがいるわよ～～♡　ここよ、ここ！」

ぼぼんっ！

リュゼとフィリアを包み込んでいた変装の幻が煙のように消え、海賊たちが色めき立つ。

「武器を持ってるぞ、こいつら！」

「ちょっ……!?」

信じられないという顔のリュゼの前でライラとドロテアの姿もまた煙と化してスーッと薄れていく。

「あたしたちはね、あんたらの仲間になったつもりなんてな～いの！　男娼だろうとなんだろうと、ご主人様はご主人様よ♡　お側にさえいられればそれでいいんだも～～～ん♡　じゃ、頑張ってね～♡」

「裏切ったわね！　この#△×◎%！」

「リュゼ、いいから応戦！」

サーベルや短刀を手にした女海賊たちに一瞬にして取り囲まれ、フィリアが剣を抜く。

取り残された上に正体も露見した。こうなったら一戦を交えるしかない。

「はあっ！」

打ちかかって来た相手から峰打ちにして倒す。命まで取るつもりはない。

弓を持って来てはいるものの接近戦では間に合わないので、リュゼはナイフを抜いて、降りかかる刃をさばく。

勇者の力でパワーアップをしてはいなくとも魔王討伐隊に選ばれるだけはあるふたりだ、多勢に無勢もなんのその、互いを背に庇い包囲を切り崩していく。

「こいつら、手練れだよ！　油断するな！」

「ぎゃあっ……つ、強い……」

海賊たちは見た目こそいかついものの、専門的な戦闘訓練を積んだ者の敵ではない。次々と倒され、フィリアとリュゼの前に道ができる。

「どうする⁉」

「もう強行突破しかないわ！　このままナオキを見つけて……」

と、そのとき、銃声が轟いた。

鈍い音と共に弾き飛ばされるフィリアの剣。

「なっ……⁉」

いったいどこから狙撃されたのかと見渡すと、なんと発砲者はメインマストの上にいた。

しかも、策具に片手で掴まった不安定な状態で——

「あたしの船で暴れてくれるとは、いい度胸じゃないか……」

赤い髪の女海賊。ミラから聞かされていた通りの姿。

あれが船長、アルメラ・アルミラルダか。

「さすがお頭！　あんなに離れたところから命中させるなんて！」

たじたじとなっていた手下たちが勢いづいて喝采を浴びせる。

アルメラは余裕たっぷりに侵入者を見下ろし、三角帽のつばをピンと弾いた。

「どうしてかは知らないが、あのボウヤが来てから絶好調なんだよねぇ……」

「あの馬鹿、やっぱり……」

リュゼは喉の奥でガルルと唸った。

今の狙撃は人間離れしすぎている。絶対に普通じゃない。

アルメラは軽業士顔負けの足運びで、帆と帆の間に張られたロープをひらり、ひらりと舞い渡る。そして、ふわりと中空に飛んだかと思うと、一回転のトンボを切って、あっという間にリュゼとフィリアの前に着地した。

明らかに勇者の力のパワーアップによるものだ。

「負ける気しないんだけど……やる？」

「くっ！」

破れかぶれとなったリュゼが神速で切りかかる。

だが、アルメラは身を沈めると、その一撃をかいくぐって背後に回り込んだ。

それを読んでいた追撃のキックが後ろに向かって放たれるが、突き出された踵は払われ、転倒させられる。

（今っ……！）

その隙にと、剣を拾おうとするフィリア。

しかし、彼女の足元には凄まじい反応速度で鉛玉が撃ち込まれた。

アルメラは銃口から立ち昇る硝煙を吹き散らすと、リュゼを立たせて羽交い絞めにした。

「無駄だよ……」

「はっ、放しなさいよ！」

もがいても、締め上げるその腕は万力のようにびくともしない。

身軽さでも、腕力でも完全に上回られてしまっていた。

リュゼの頬にはサーベルの刃が当てられ、フィリアには銃口が突きつけられる。

勝負ありだ。

女海賊の口の端がニッと吊り上げられる。

「降参しな……まだやるってんなら、いくらでも相手をしてやるがね？」

第五章　夢の異世界ハーレム物語

俺の名前は及川直樹。

オナニーだけが生き甲斐の、ただの学生だ。

前日のズリネタが良かったせいか、物凄く気持ちの良い夢を見た。

夢の中で俺は毎日がハーレムだった。

顔が良くておっぱいも大きい女の子たちが次々と現れて俺にセックスをせがむ。

そして、求められるがまま彼女たちに膣内出しをキメまくる。

まるで、最高の人生を絵に描いたような生活だ。

もちろん、そんなこと実際にはあり得ないのだろうが、夢にどっぷりハマッている間は非常識な出来事や、辻褄の合わなさは気にならないものだ。

今、こうして目覚める直前のまどろみに現実の思考が混じり始め、俺はようやくそれが一夜の幻だったのだと気づいた……少しガッカリした気持ちと共に。

な〜んだ、夢だったのか、もうひと眠りして続きを見ようか……なんて。

しかし……いや、なんかおかしい……待て！

違う！　違うぞ⁉

「んちゅっ……じゅるるっ……♡　くちゅ……ちゃぷ……♡」

「はふっ……♡　んちゅ……♡　ちゅぷぷっ……♡　んっ……んっ♡」

甘ったるい鼻息と温かい舌の感触が俺の股間を刺激している。

目を開けるとライラとドロテアがチンコを美味しそうに頬張っていた。

「ちゅるるっ……♡　あ、ご主人様、起こしちゃったぁ？」

「朝からガッつきすぎだぞ、お前ら……」

そう言いつつも、ふたりにはそのまま舐めさせて、とろけるような舌使いを堪能する。

気持ち良すぎて夢心地になるとはこのことだ。また眠ってしまいそうだ。

あんなエロい夢を見たのはこのせいだったのか。

「だってぇ……朝勃ちチンポのザーメンって美味しすぎるじゃない……♡　ご主人様のはただでさえ最高のグルメなのに♡　んちゅゅっ♡」

竿をねぶり上げながら、ライラがうっとりと亀頭にキスをする。

無口なドロテアも同じ意見だと言うように一緒に口づけをしてくれる。

ちゅっ、ちゅっ、ちゅぽ、ちゅっ……ちゅちゅっ、ちゅぽ、ちゅっちゅっ！

「あー、最高……女の子ふたりから代わる代わるチンポにキスしてもらえるなんてな……元いた世界では考えられないよ」

ようやく目が覚めて来た。

さっきも言った通り、俺はただのオナニー好きの学生だった。

それが、ある日、突然異世界に召喚され、淫魔のご主人様として海上娼館で働く羽目になった。

海上娼館というのはここ、リハネラの港に停泊中の海賊船、貴婦人鮫(レディーシャーク)号のことだ。

なんで海賊船が売春宿なのかというと、少し説明が必要か。

貴婦人鮫号はその名の示す通り女海賊の船で、商船を襲撃したりもするが、そうでないときは港に駐在する兵士たちを相手に金を稼いだりもしている。

彼女たちは根っからの悪党ではない。

狙うのは奴隷商人の船ばかりで、いわゆる義賊というやつだ。

でも、それだけでは金にならないから、副業もして日々の糧(かて)を得ているというわけだ。

あるとき、彼女たちは根城(ねじろ)としていた海域で奴隷商船の一団と事を構えた。

勝利はしたものの騒ぎが大きくなってしまい、ほとぼりを冷ますため遠く離れた外国であるレスデアの港町、リハネラまでやって来たのだ。

しばらくは海賊稼業より売春業に精を出そうと、そういうつもりだった。

ところが、レスデアは変わった国で、何故か兵士はすべて女だという。

これには女しかいない彼女たちは頭を抱えるしかなかった。

……というわけで、淫魔を使って俺を召喚したというわけだ。

いきなり男娼になってこの船を救ってくれなどと言われて驚いたが、ライラたちを始めとして、俺のことを下にも置かぬ扱いをしてくれるし、海賊の仲間たちもみんな美人揃い。断ったところで他に行く当てもないしということで、俺は快諾することにした。

どうやら俺の精液には女を虜にしてしまう力があるらしく、その評判は、客から客へとたちまち広がり、今や港中の女兵士たちが俺を求めて貴婦人鮫号に押し寄せる。

一度に一人ではとても間に合わないため、二人、三人は当たり前、四人、五人とだってプレイする。それでも、バテずに女たちを満足させ続けられているのは、オナニーで鍛えまくっていたおかげなのかもしれない。

こんなことになるとは思ってはいなかったが……何が幸いするかわからないものだ。

そんなわけで、ライラとドロテアにねだられるままに彼女たちの口の中に射精した俺は、それから、ふたりの膣内にも三回ずつザーメンを注いでやった。

朝食を貰いに船内の厨房に行き、そこでも挨拶代わりに炊事係の女海賊とセックスする。海風にあたりながら船べりにもたれて硬いパンを齧(かじ)っていると船長のアルメラが来た。

「相変わらず元気だねぇ……呆れちまうよ」

さっきの厨房でのエッチのことだろうか？　船内のそこかしこで四六時中ヤリまくっているので、ことさらそれだけについて言っているわけではないかもしれない。

「アルメラだって、いつも元気じゃないか」

「確かめてみるかい？」

妖艶に微笑むと彼女は舌で唇を舐めて俺に流し目を送る。

そのまま貪るようにキスを交わし、もつれ合いながらメインマストを登った。

登りながら脱がせ合い、風に服を飛ばして見張り台の上で互いに全裸となる。

アルメラはこういう大胆なプレイを好む。出会った頃は驚かされたが、今では慣れたし、むしろ俺もそういうのが大好きになっていた。

「船長さんのイク声を乗組員たちに聞かせてやれよ……」

「ああっ……♡　聞かせるわ……あんたにイカされるのは恥じゃないもの……んはあっ♡　こんな男がいたなんて……あっ、ああっ、またいくっ……いくうぅっぅ！」

朝靄の港を遠望しながら、引き締まった女海賊船長の裸身をバックから突きまくる。

アルメラは四回絶頂し、俺も同じだけ彼女の膣内に射精した。

「あたしは恋人を作らない主義だけど……アンタとならって思うことはあるわね」

「こんなに相性がいいのに、まだ愛人止まりなのか？」

「ふふ……そういうことにしておこうじゃないか♡」

含みのある笑顔でアルメラは言った。

詳しいことは知らないが、彼女が女ながら海賊になったのには事情がある。

それはどうも、婚約者に騙されて奴隷として売られたのが発端らしい。

その境遇から逃れるため反乱を起こし奴隷商船を乗っ取った彼女は同じように行き場を失くした女たちをまとめ上げ、こうして海賊となったのだとか。

だから……ええと、なんだっけ？

彼女について、なにか他にもうひとつ大事なことがあったような気がするが、何故だか記憶に靄がかかったように思い出せない。ど忘れしたみたいだ。

まあ、いいか。

アルメラとの展望エッチを終えて船室に戻ろうとすれば、今度はまた別の女海賊に呼び止められる。

この街では男の客が来ないので彼女たちは暇と性欲を持て余しているし、俺のチンコに首ったけなのだ。腕を引かれるままにそれぞれの個室に招かれ、次々と性交する。

そのうち皆、順番が待ちきれなくなり、まとめて相手することになるのだが、この絶倫ぶりも、どこからか伝わって街での俺の評判に拍車をかけているのだろう。

一度は俺に抱かれたいという女たちは尽きることがないようだ。

最近ではあまりの人気ぶりに、貧乏な冒険者の女たちがなんとか抱いてもらおうと船に侵入してきたりもした。

お昼も過ぎ、女海賊たちの相手もひと段落したところで俺は船倉に降りた。

そこに捕らえられているのが、その貧乏な冒険者、フィリアとリュゼだ。

ふたりは百足を売って生計を立てているそうで、そりゃ確かに、高級男娼となった俺を買うカネなど持ってなどいないだろう……哀れなものだ。

捕らえられ、処刑されそうになっていた彼女たちを可哀想だからとアルメラに頼んで、俺専用のペットにすることで命を助けてやった。

「ああん……勇者様、今日は来てくださらないのかと思っていました……♡」

赤いポニーテールを振って媚を売るように尻を持ち上げる剣士のフィリア。

それに倣って弓使いのリュゼも濡れた股を自ら開いて誘惑する。

「オチンチン恵んでください……どうか、惨めな私たちに勇者様のお情けを……」

このふたりは、どういうわけか俺のことを勇者と呼ぶ。

まあ、命を救われたのだから、彼女たちにしてみればそうなのかも。

全裸で床に四つん這いとなって期待に待ち構えるフィリアとリュゼに、俺はそそり勃つ肉棒を見せつける。

「凄い……何度見ても目が離せなくなる立派なオチンチン……♡」

「ああっ……早く挿入れて欲しいです……オマ○コ、いっぱい締めますからぁ……♡」

ふたりとも、すっかり俺のチンポの虜になっているが、捕らえられたばかりの頃は気が立っていたのだろう、おかしなことを口走っていた。

なんでも、俺と一緒に魔王を倒す旅をするとかなんとか。

冒険者らしいと言えばそうだが、現実離れしすぎていて信じられるものではない。

きっと百足売りの暮らしが長すぎた挙句の妄想だろう。

同情を禁じ得ないが……まあ、それも俺のチンポによって忘れさせることができたし、良かった、良かった。

従順になるのはフィリアよりもリュゼの方が時間がかかったが、今ではこの通りだ。

リュゼはエルフだから気位が高かったのかもしれない。

ん？　エルフ……？

エルフについて忘れてはいけないことがあったような気がするが、これも思い出せない。

まあ、いいか。

「さあ、今日はどっちから挿入してやろうか……」

調教も兼ねて意地の悪いことを言うとフィリアもリュゼもマ○コ丸出しの尻をクネクネさせて口々に「私に」「私に」とせがむ。

「じゃあ、喘ぎ声がエロかった方を先にしよう」

ぶっちゃけると、どちらも超がつく美人だから、先もなにも、ふたり同時に挿入れたいぐらいなのだが、そこはしかたがない。

「フィリアの愛液は、いつもねっとりと指に絡みついてくるな……性欲の強さが出てるんだろうな。こんな、はしたない汁を溢れさせて恥ずかしくないのか？」

「ああうっ……そんな、そんなことは……勇者様のオチンチンが待ち遠しすぎて、こんな風になっているだけです……」

「上手いこと言い訳するじゃないか。でも、エロい女は嫌いじゃないぞ……」

「ああっ♡　ありがとうございます……♡　んんっ、あはぁっ♡」

絡みつく蜜液をたっぷりとクリトリスに塗りつけて、じっくりこすってやる。

大陰唇に手を添え、焦らすように揉み込み、彼女の性感を高めていく。

「ん……はぁ……我慢できない……触られているだけでイキそうです……♡」

嬉しくてしかたがないというように、尻をびくんびくんと跳ねさせて喘ぐフィリア。

「リュゼもマ○コの中がヒクヒクしてるぞ。俺に指を入れられて、そんなに嬉しいのか？」

「は、はいっ……♡　だって……好きなの……ナオキのことが……あ、ああっ……」

エルフの女性器も俺の手に愛液を滴らせ、むんむんと熱を放っている。

深く抉れば、それに合わせて腰をうねらせる。すると、割れ目がぷくっと膨らんで、その隙間からまた大量の蜜汁がこぼれ出る。

「最初の頃はそんな口の利き方じゃなかったのに、ずいぶんな変わりようだな？」

「ごめんなさいっ！　ああんっ……素直になれなくて……ずっと……意地を張ってました……あぁんあぁぁっ♡」

弱いところをズボズボと押しまくられて、リュゼは喜悦に喘いだ。

「こっちのお口は素直なのにな……」

ぐいっ……ぎゅぎゅっ……ぐむにゅ、ぐむにゅ！

Ｇスポットを強く刺激すると、ますます彼女は素直になる。

「ひんっ……ああっ♡　ナオキッ♡　もっと……もっと私を素直にさせてぇっ♡♡」

下げ髪を背中に振り乱して悶えるエルフ娘の、この言葉にはさすがにグッと来た。

「よし、じゃあ、リュゼから挿入れてやる……」

「はぁん……嬉しい……♡」

ところが、俺のチンポには先客がいた。

「ふふん、ずいぶんとお盛んじゃないか、なんだか妬けちまうね……」

アルメラだ。彼女が潤んだ目をして、亀頭に舌を這わしている。

いつの間に……⁉

まあ、いいか。

「お、おい……これからリュゼに挿入するんだ、ちょっと……うっ！」

言いかけたところに、睾丸を下からぞろりと舐め上げられて俺は思わず身震いした。

アルメラのフェラチオは情念が深い。

ねっとりと熱い舌腹を全部密着させて肉棒を丁寧にしゃぶってくれる。

啜り、吸い上げ、先から根元まで呑み込んで、口の中でさえ舌を使って舐め回す。

「ああ……凄い……喉奥まで届いて……こ、こんなことされたら……で、出るっ！」

「いいのよ……全部飲んであげるわ」

ずりゅっ……ねろねろねろっ、ちゅぶ、ずちゅっ……！

俺の反応に気をよくして、ますます熱烈さを増す女海賊のディープスロート。

「ああん、駄目ぇっ……ナオキのは私が……」

「勇者様、私にも……♡」

リュゼとフィリアも俺に縋りつき、これでもかとおっぱいを押しつけてくる。

「あーん、ご主人様、帰ってこないと思ったら、こんなところでイイことしちゃって！」

「……♡」

どこからか姿を現したライラとドロテアも加わり、俺は五人に絡みつかれた状態で床に尻もちをついてしまった。

「ま、待てよ、ちゃんとみんなに射精してやるから！」

チンポの奪い合いに嬉しい悲鳴を上げつつも、部屋中にむわっと立ち込める女の芳香にすっかりあてられた俺のヤル気は削がれるどころかますます盛んとなるのだ。

……こんな美女たちとヤリ放題の日々が続くなら男娼も悪くない。

こうして、俺の異世界でのハーレム物語は続く――

いや、おかしいだろ！　おかしいぞ……！！

(俺はなにか大切なことを忘れている……この海賊船……誰かひとり、重要な誰かのことだけがすっぽりと抜け落ちてる気がする……！)

脳裏をかすめる小さなエルフの少女の姿。

すべての感情を示すことを拒否するような深いブルーの瞳……。

椀に汲んで飲ませてくれた水の美味しさ。

そうだ、彼女だ。誰なんだ？

あの子の名前は……。

「そうだ……リムリィ！」

目覚めの前のまどろみの中、直樹の頭の中に現実の思考が混じり始める。

夢が夢であることに気づいてしまう、あの感覚……。

「ハーイ、ご主人様、お目覚めね♡」

「……♡」

霧が晴れたかのように視界と頭脳がはっきりとした。

あてがわれた船室のベッドに裸で寝転がり、傍らには淫魔の姉妹。

夢の中で目覚めたときと同じだが……今度は違う。本当に目が覚めたのだ。

「ライラ……！　ドロテアも！　どうしてここに!?」

「それはこっちのセリフよ……ご主人様。三日間もあたしたちを放ったらかしにして！　可愛がってくれるって約束はどうなったの？」

悪戯っぽく口を尖らせるライラの隣でドロテアも「そうですよ」とでも言いたげに眉を寄せる。

「三日だって？　たったそれだけ……？」

まだ少し、夢と現実がごっちゃになっているようだ。

夢の中ではもう何ヶ月も貴婦人鮫号で生活している感じだった。思い返せば、なんだかおかしなところもあったが、それにしてはリアルだった。

（ん……？　それって、もしかして……）

「ライラ、今、俺が見てたのって、お前の術で作り出した夢なのか？」

「さっすがご主人様♡　ご名答〜♡」

脳天気な答えが返ってくる。

「ご主人様の帰りが遅すぎるから、リュゼが海賊船に乗り込むって聞かなくてぇ……でも、あたしたちは争いごとは嫌いだからぁ、こうしてね……♡」

「争いは嫌いって、お前たち、魔王の手先として俺を襲撃したじゃないか……」

「腕づくは嫌いって意味ね♡　だから、夢の中からご主人様を助け出すことにしたの♡」

「そうか……あれ？　じゃあリュゼは？　一緒に乗り込んだんじゃなかったのか？」

「リュゼと、あとフィリアもね。でも、ふたりは海賊と戦って捕まっちゃったわよ。本当、脳ミソ筋肉なんだから！」

「ふたりは無事なのか？　捕まっているって、どこに？」

「夢で見た通りよ、船倉に閉じ込められているわ。でも大丈夫、あたしたちがご主人様を見つけたってことを知らせるために一緒に夢を見せたから」

「夢を一緒に……!?」

「そっ、さっきの夢よ♡　淫魔の術って便利でしょ～？」

ライラはニッコリと微笑むが、アレをリュゼやフィリアにも見られていたかと思うと、直樹の背筋は凍りついた。特にリュゼからは大目玉を食らいそうな内容だったし。

（うおおお……夢の中のように、まあ、いいかで済ませられればいいのに……）

そうもいかないのが現実なのだ。

だが、それについては後で考えるとして。

「と、とにかく、よく来てくれたな！　逃げるとするか！」

そう言って、寝室の扉を開けようとするが、外から鍵がかかっていて開かない。

（割と自由にさせてもらっていたけど、寝ている間は俺も監禁されていたんだった！）

「これじゃあ脱出できないぞ……って、お前らどうやって入ったんだ？」

直樹はライラたちに尋ねた。

「私たちは夢を使って壁抜けできるからね♡」

「じゃあ、結局、俺はどうにもならないじゃないか！」

もう一度、扉に取りつきガタガタ揺するがビクともしない。

直樹は途方に暮れたが、ライラは笑顔のままだ。

「心配いらないわよ、ご主人様♡　もう少し待てば……」

「待つって、なにを？」

「言ったでしょ～、夢で知らせたって……あっ、来たわ！」

がちゃりと音がしてドアノブが回る。

そこにいたのは……、

「……リムリィ！」

エルフの奴隷少女が鍵束を持って立っていた。

「ご主人様が夢の中で思い出さなかったら、想いは届かなかっただろうけどね♡」

ライラが言う。

（うーむ、わかったような、わからないような……）

淫魔ならぬ身としては、その原理を理解することは難しい。

だが、とにかくこうして助けに来たということは、リムリィがなにかを感じ取ってくれたのだろう。

「ありがとう、リムリィ、助けるなんて言っておいて、俺の方が助けてもらったな」

「私を……本当に助けてくれる？」

「ああ、本当だ」

それから、直樹は思い出して言葉を足した。

「もし、リムリィがそう望むのなら」

彼女に対するアルメラの真意を知った今、リムリィの戸惑いも理解できる気がする。

きっと、彼女も生活を共にするうちに感づいたのだ。

それが意地悪なのではなく、優しさだということに。

だから、一緒にいたい、という気持ちとの板挟みとなってしまったのだろう。

直樹は身を屈めてリムリィと目の高さを合わせ、その青暗の瞳をしっかりと見つめた。

アルメラなら、自分で決めろというだろう。それが彼女の生き方だ。

だが、俺なら――

「一緒に行こう、リムリィ！」

すると、かたくなに感情を表に出すことを拒んでいたその瞳に初めて光が灯った。

「私……故郷に帰りたい……お父さんとお母さんと、もう一度会いたい！　私を助けて！

奴隷なんか嫌だ。私を連れて逃げて……！　私を……私を……！」

青い瞳から涙がこぼれる。

これまでずっと押し殺してきた感情が一度に爆発したかのようだった。

直樹は頷くと、リムリィを抱き締めた。

彼女が泣き止むまでそうしてやった。

「きっと、アルメラも、リムリィがそう言うのを待っていたんだと思うよ……」


リムリィの持って来てくれた鍵束でフィリアとリュゼの船倉も開けることができた。

「夢の中でのことは……あとでじっくり話をしたいわね。あと、ライラたちも……！」

「あらぁ、なにか話すことなんてあったかしら～？」

「そういう作戦ならそういう作戦だって先に言いなさいよ！」

「言ったって、ど～せ聞かないクセに！」

「ふたりとも今はそれどころじゃないでしょ！」

寝静まっている海賊たちを起こさないようにと、フィリアが声を潜めてふたりを諫める。

直樹も心得ており殊勝な態度で通す。

今回のことは弁解の余地なく自分が悪い。誘惑に負けて心配をかけてしまった。

そうして、忍び足で甲板まで出ることはできたが、船から桟橋までそこそこ距離がある。

リムリィもいるし、岸まで泳ぐわけにもいかない。

考えあぐねていると、夜明け前の暗い波間に見え隠れする灯りに気づいた。

「あれは……？　おおっ、ミラとティアーネじゃないか！」

小舟に乗った仲間たち。

獣人従者がオールを漕いで、女僧侶はカンテラをかざしてこちらの様子を窺っている。

「勇者様～！　みんなも！　心配したんですよ！」

手を振る直樹の姿にティアーネが顔を綻ばせて手を振り返す。

「よし、これでＯＫだ、縄梯子を降りてボートに乗り込もう！」

そして、みんなでボートに乗り移ったところで直樹はドロテアがなにかを手にしているのに気づいた。

「それは……！」

お金の入った袋だ。ずしりと重い。けっこうな額がありそうだ。

「船長室の金庫にあったんだって」

と、ライラが説明する。

「鍵とかかかってなかったのか？」

「言ったでしょ、あたしたちは夢の中でどこへでも行けるって！」

「いや、でも……現実には鍵がかかっているんだから……えっと？？？」

まあ、いいか。

直樹は深く追求しないことにした。

魔族の術は人間には理解の及ばぬものなのだ。

「これ、俺たちの次の船賃に足りそうか？」

尋ねてみると、中身を確認したミラが頷く。

「足りるどころか、往復しても余るぐらいありますね……」

「三日間で俺もけっこうな人数を相手にしたからな……その稼ぎか」

リュゼの白い目は無視することにして、じゃあ、と直樹は袋から半分だけ拝借した。

残りは返してくるようドロテアに頼む。

「これで旅も先に進めるぞ！」


水平線が眩しく輝き出す。夜明けだ。

直樹たちを乗せたボートがリハネラの朝靄の中へと消えていく。

アルメラは、その行く先を見通そうとでもするかのように甲板から見送っていた。

「行かせちまって良かったんですかい？　お頭……」

「もとからそのつもりだったさ……あのボウヤが信頼できるのか見定めるのがそもそもの目的だったんだからね」

平静な口調だったが、その横顔はどこか寂しげだ。

手下の女海賊も黙ったまま神妙な顔をする。

「わかっちゃいたけど、いざ、このときが来るとねぇ……」

リムリィがこの船に心を残さないように、あくまでも悪い海賊として振る舞ってきたが、離別のときが来てみれば、なんだか胸にポッカリと穴が空いたようだ。

（あたしは別にどう思われたってかまわないのさ……あの子がちゃんと自分の意志で逃げ出すことができたんだから、めでたいことじゃないか）

自ら抗う者は、もう奴隷ではない。

だから——

これでいい。これでいいのだ。

そして、夢の中で見た直樹の素性……伝説の勇者。

そうでなくとも、彼ならばきっとリムリィを悪いようにはしないだろう。

「引き留めやしないさ、あのボウヤにはお前たちも充分楽しませてもらったろ？」

「お頭だって……」

「ハッ……まさか、勇者とするだなんてね……あたしも男運があるんだか、ないんだか」

アルメラが笑い飛ばす。

その横顔はやはり、どこか寂しそうだった。

第六章　奴隷少女の捧げる純潔

ぽつり、ぽつりと腕に冷たいものが落ちてきた。

雨が降り出したのだ。

港町の路地裏で行き場を失って、リムリィはどうすることもできず、結局、野ざらしとなっていた空き樽の横にうずくまった。

濡れ始めた服が肌に張りつく気持ち悪い感触。

(嫌いよ、嫌い、嫌い……)

口癖となってしまったその言葉を何度も心の中で繰り返す。

だが、頭の片隅では、これが現実ではないともわかっていた。

これは夢。あのときの記憶。

だから、もうすぐ向こう側の建物の陰からあの人が姿を現す……。

「馬鹿だね、せっかく船から抜け出したのに、こんなところで震えているだけなんて」

アルメラだ。

あのときは見逃していたが、夢だとわかっていたから、今度は彼女の表情をじっくりと観察することができた。

リムリィの姿を見つけたときの安堵の顔。

それはすぐにニィッと口の端を吊り上げるあの笑みで隠されてしまったけれど、確かに
アルメラは心配をしていたのだ。

夢の場面は切り替わる。

今度は、船に連れ戻されたあと、熱を出して寝床でうなされているときだ。

やはり、夢の中だから、リムリィには傍らに付きっ切りでいるアルメラの顔がはっきり
見えた。物凄く心配そうにして、それから手下に言って毛布や着替えの服を集めさせる。

あのときは知らなかったことだ。

――いや、知っていた。海賊船での旅を続けるうちに、アルメラも、その仲間たちも、
それとなくリムリィのことを気にかけていることは感じていた。

ただ、リムリィが心を開くことができなかっただけだ。

嫌わなければいけない。変わってはいけない。現実を直視すれば遠ざかる。

なにもしなくても、このままでいれば故郷に帰れるという幻想(ゆめ)から……。

「う……」

うめき声を上げてリムリィが目覚めようとすると、重ねて掛けようとしていた毛布から
パッと手を離し、アルメラが立ち上がる。

そして、またニィッと口の端を吊り上げるのだ。

「後先考えずに逃げ出すからそうなるのさ……いいかい、あんたはあたしの奴隷なんだからね、勝手をして死なれちゃ困るんだよ」

憎まれ口をきいて彼女が立ち去ったあと、枕元には果物が置かれていた。

それも、リムリィは知っていた。知っていたのだ。

知っていたからこそ、どうすればいいのかますますわからなくなっていった。

だけど、今はもうわかっている。

リムリィは起き上がると、ひねくれ者の女海賊を呼び止めた。

「アルメラ……」

「初めてだね……あたしを名前で呼んだのは」

これは夢だ。夢の中だ。

本当は、直接言いたかった。言ってあげるべきだった。

リムリィの目から涙がこぼれる。

「今までありがとう……助けてくれてありがとう。一緒にいてくれてありがとう。いつも捜しに来てくれてありがとう。たくさんのこと、ありがとう……」

ありがとうと口にする度に新しい涙があとからあとから溢れ出す。

わんわんと泣き出したリムリィを、夢の中のアルメラは優しく抱き締めてくれた。

「嬉しいよ……あんたがいなくなると少し寂しくなるがね……心配もするかも。でも……

ナオキにならせられる。あんただって自分で逃げるって決められたんだ、もう大人さ」

リムリィはアルメラに向かって力強く、何度も何度も首を縦に振った。

彼女が心配しないように。安心してくれるように。

「お行き、きっと故郷に帰れるよ。お父さんとお母さんにも、また会えるよ」

夢が終わる。お別れの時間が来たのだ。


「すまないな、本当は一緒に故郷を探してやりたいんだけど……」

そう言って直樹が頭を下げる。

貴婦人鮫(レディシャーク)号から脱出して一夜が明け、仲間の人たちと話し合い、リムリィを連れて旅をすることは危険すぎてできないという結論が出たことに対してだ。

リムリィは首を横に振った。

「ううん、平気……」

「でも、旅から帰ってきたら必ず探してやるから待っていてくれ。それに……女将さんはとっても優しい人だから！」

辺境の村で宿屋をしている知り合いの人に預かってもらうことになったのだ。

それが直樹に今できる精いっぱいなのだとリムリィにもわかっていた。

「ありがとう……勇者様」

彼の正体も教えてもらった。

自分を救ってくれた人が魔王を倒す伝説の勇者だったなんて思いもしなかった。

でも、そうでなかったとしても直樹はリムリィにとって勇者だ。

「それにしても、びっくりしたなあ……あのときの金貨がこんなところにあるんだから」

と、直樹は指に挟んだ金貨を眺める。

いつからそこにあったのか、それは彼のズボンのポケットから出てきたのだった。

「アルメラ……だろうな」

騙し取ったふりをして、返してくれていたのだろう。

直樹もひねくれ者の女海賊の気持ちがわかっているようだ。

「勇者様……お願いがあるの」

「ん、なんだ？　おお、そうだ！　フィリアたちが帰ってきたら、入れ替わりで出かけて買い物でもするか！　これがあれば好きなものをなんでも買えるぞ！」

だが、リムリィはかぶりを振った。

「好きなものは……もう、ある……の」

それを言うのは少し恥ずかしい。でも、今朝、あの夢を見て決めたことだ。

リムリィは勇気を振り絞ってそれを口にした。

「私が好きなものは勇者様……」

「え？」

突然の告白に目を丸くする直樹に、思い切って身体を押しつける。

「私、故郷を出てから今までずっと、なにもかもが嫌いだった。でも、これからは好きなものをいっぱい作ろうって決めたの……」

「だ、だからって……俺⁉」

リムリィは微かに頷き、消え入りそうな声で呟いた。

「私の一番最初の好きなものは……勇者様」

少女の熱を帯びた身体を預けられ、直樹はよろけてそのまま部屋のベッドに倒れ込んだ。

「勇者様の好きなこと、知ってる……夢で見たもん」

「いや、そ、それは……」

「私もそれが好きになりたい……だから、教えて欲しい……」

あの夜の夢で憶えた男と女の交わり。しかし、どうしていいかは知らない。

リムリィは肌を合わせてからその先を、直樹に委ねて待っている。

「わかった……」

直樹は心を決めた。それ以上言わせるのは野暮というものだ。

まず、優しく口づけをして、それから静かにリムリィの全身に手を這わせていく。

うなじをさすり、肩を撫ぜ、細い腕、それから――

貫頭衣の裾からお尻へとその手が這い込むと、リムリィはぴくりと身体を震わせた。

そんな所を触られるのは初めてなのだ。

「怖くないか？」

「ううん……でも、ドキドキする。だって、もっと……知らないとこ……触られるから」

これから起こることに対する不安の入り混じった期待。

ショーツの上から秘所をまさぐり始められると、リムリィは泣きそうな顔になった。

「あっ……ぅんっ……んっ……んんっ……」

ぴちゅぴちゅくちゃくちゃと柔らかな窪みが音を立てる。

「あ……気持ち良い……そこ、そうやって触られると……変な気持ちになる……」

だから、夢の中でも女の人たちは皆、触ってもらいたがったんだと少女は理解した。

「私も……ああっ、もっと……もっと触ってほしい……」

甘い疼きに身をよじらせて初めて口にする、はしたないおねだり。

「触られるの、好きなんだな」

「好き……」

直樹に尋ねられて頷けば、まさぐる指先はショーツの下に潜り込み、更に深くに沈んだ。

なにかがその奥から溢れ出す。

それは、弄られれば弄られるほど、どんどん量を増していくようだ。

「ああっ……♡」

とうとう、切ない呻きは大きな叫びとなった。

服を脱がされ下着も降ろされて、股の間を直樹の目の前に晒される。

（どうして……？　恥ずかしいのに、見られてるのに……）

顔の火照りは羞恥のためだけではない。嬉しいのだ。好きな人にここを見られるのは、
見せるのは、何故だか悦びを感じてしまう。

「見てもらうのも、好きなんだな？」

「好き……」

リムリィは両手で目を覆ったまま、また頷いた。

すると、直樹が自分もズボンを下げ、下半身を露出する。

（勇者様の、恥ずかしいところ……）

指の隙間から初めて見る男性器に目が離せなくなる。それは物珍しいからだけではない、
不思議な引力でリムリィを惹きつける。

「これも……好き」

「まじまじ見られると、さすがに照れ臭いな……慣れたかと思っていたんだが」

直樹は柄にもない気分を味わっていた。

それでも、そっとリムリィの手を取ると、そそり勃つ剛直へと導いた。

「触ってもいいぞ……」

少女が恐る恐る触れたそれは、思いのほか熱く、そして硬かった。

身体の一部がこんなに硬くなるなんて、なんて不思議なんだろう！

そんな気持ちで最初は好奇心に任せて、それから、夢で皆がしていたのを見様見真似で肉棒を擦り出す。すると、直樹がうっと呻いて仰け反った。

「勇者様も、気持ち良いの……？」

「ああ、リムリィの手で感じたんだよ」

少しだけ顔を歪ませ、うわずった声で優しく答えてくれる。

「その顔……好き」

愛しさが胸を満たす。思わずリムリィは直樹の頬を両手で挟み、唇を押しつけていた。

直樹がそれを吸い返す。口の中をちゃぷちゃぷと舐められる心地よさ。

リムリィはそれも好きになった。

「キスも好きなんだな？」

「……好き」

「じゃあ、こっちにもキスしてくれるか？」

と、直樹が股間を突き出す。

ああ！　そうだったのだ。リムリィは夢の中でどうして皆が夢中になっていたのかを、また理解した。

大好きな人の、大好きなものに、大好きなことをする……。

だから、皆あんなに嬉しそうにしていたんだ。

口づけと同じ要領で亀頭に唇を捧げ、それから本能の赴くままペロペロと舌を這わす。

「はあっ……はあっ……んちゅ……ちゅぷっ……これ、好き……好きぃ……」

下腹が燃えるように疼く。舐めているとますます熱くなっていく。

しかし、その疼きにはリムリィの知らないまだその先があるようで、焦れた気分も募る。

「ああ……舐めるの好き……勇者様の、大好き……でも……ううっ……もっと……」

他のなにを、自分は望んでいるのだろう？

その答えは直樹が教えてくれた。

「挿入れるぞ……」

胡坐をかいて、その上にリムリィを抱っこしてくれる。

直樹の背に両腕をまわしてしがみつき、男の身体の逞しさにリムリィはまた驚きを覚える。

そして、その中でも一番逞しい部分が、自分の一番女な部分にゆっくりと入ってくる。

「あ……ああっ！　こんな、あああっ！」

めりめりと肉体に穴を開けられていくような感覚に息を呑む。

怖い、痛い、身体が裂ける、引き裂かれる……！

ずちゅ……ぬちゅう……ぬちちっ、ぷち、ぷち、ぷち、ぷちぃっ！

稲妻が走ったような鋭い痛感が秘所を穿ち、なにかが破れた。

一瞬、リムリィは苦悶に顔を歪ませた。

だが、直樹がそこでいったん動きを止めてくれると痛みは徐々に薄れていき、代わりに、肉体が繋がり合う充足感が訪れる。

「あ……！」

凄い。大好きな人と本当にひとつになっている！

大きな悦びが胸をいっぱいにする。

まだ微かに痛みはあったが、それよりもこの生まれて初めて味わう喜びの方が大きい。

「大丈夫か？　痛かったら、いつでも……」

気遣う直樹に首を振り、リムリィは先を促した。

「ううん、続けて……勇者様とひとつになれて嬉しい……これ、大好き……！」

「わかった……じゃあ、いくぞ！」

直樹は腕に力を込めてリムリィを抱き締めると、結合をもっと強くするかのように腰を突き上げ始めた。

ずちゅ、ずっちゅ、ずむちゅ、ちゅぐっ、どちゅっ……ずちゅうっ！

「ああっ♡　あんっ♡　んあっ……♡　あっ、あっ、好きっ…これ好きぃっ……♡」

これが女になるということなのだ。大人になるということなのだ。

直樹の腕の中で身体を縦に弾ませて、リムリィは未知なる世界に飛び込んだ。

「ああっ、勇者様ぁっ……勇者様っ！　気持ち良いっ！　んはあぁあぁっ！　お腹の中ぁ……変になっちゃう、好きっ、好きぃ……好き、好き、好き、好き、好きぃっ！」

快感が処女の口から次々と心の中の言葉を吐き出させる。

リムリィにはそれを止めるつもりもなかったが、止めようとしても止まらないだろう。

自制が利かないことがまた、気持ち良くもあるのだ。

「うおおおっ、リムリィっ……リムリィ！」

突きながら名前を連呼されるのも好きだ。

肉裂の奥深くに響くズドンズドンという衝撃も痺れるほど甘くて好きだ。

荒い息遣いと、肌から伝わる勇者様の身体の火照りも好きだ。

大好きな相手と、大好きなことをしている自分も好き……！

「だ、出すぞっ！」

直樹が叫んだ。

なにを？　と思った次の瞬間、それがリムリィの胎内に噴出した。

びゅぐぐぐぷうっ、ぷぴゅ、びゅるるるる……ぴぴゅ、びゅぷううっ！

「んあああああああ～っ！」

物凄い勢いのその熱流にリムリィは目を大きく見開き、腰を跳ねさせる。

(こんな……あぁっ……こんな……あっ、あっ、あっ……)

注ぎ込まれた体液が、びちびちと音を立ててお腹の中で波打つ。

初めて体験する衝撃的な感覚に、最初、自分が驚いたのだと思った。

だが、すぐにそれは違うとわかった。

頭が真っ白になるような悦び、充足……それは、至福と呼ばれるべき感情……理解したときには、すでにリムリィの意識は快楽の彼方へと連れ去られていた。

「う……」

絶頂は一瞬のことだったようだ。意識を取り戻すと身体はまだ勇者様と繋がっていた。

直樹は胸に彼女を寝かせたまま、ぐったりとベッドに仰向けに伸びていた。

「勇者様も……気持ち良かった？」

「あ、ああ……リムリィの中……処女だし、キツキツで……すげー良かった……」

まだ甘い痺れの残る身体を持ち上げて起き上がったリムリィは、結合部に目を落とす。

すると、肉棒を受け入れたままの裂け目から、とろりと白い濁液が零れ出た。

「これがさっきの……」

身体の中に感情そのものが注ぎ込まれたようなあの衝撃は、二度と忘れられないだろう。

リムリィは白濁を指ですくうと口に運んだ。

もっと……もっと欲しい。

（これ……好き……♡）

少し苦いその味は、それでもなぜか胸をじんとさせる。

リムリィは今度は、しなをつくって甘えるように直樹の首に抱きついた。

「好き……好き……勇者様も、勇者様が注いでくれたのも、全部……大好き……♡」


一方、宿の隣室では――

「どうして行かないのかって？　ご主人様の邪魔はするもんじゃないでしょ？」

ドロテアの無言の問いにライラが答える。

「もちろん、リュゼに言われたからじゃないわよ～、誰が言うことなんか聞くもんですか」

仲間たちは改めて船の契約をするために商会通りへと出かけていった。

留守番役として残っているのがライラとドロテアのふたりだ。

頭カチカチ意地悪エルフは偉そうに「エッチは禁止よ！」と言いつけていったが知ったことではない。そうではなく、無粋な真似はしたくないというだけだ。

「そりゃ、淫魔だもの……隣であんなことされたら……うずうずしちゃうけどさ」

いじいじと指で机の上をなぞる。ここは忠実なしもべとして、我慢の二文字だ。

（同じエルフでもあの子の方が、ず――――っと可愛いしね……）

それはリュゼへの当てつけなのか、船でご主人様である直樹を脱出させる手助けをしてくれた恩義があるからか、ライラは何故だかリムリィを贔屓にしてしまうのであった。

だから、今朝もあんな夢を見せたのか。アルメラと同じ夢を……。

もっとも、享楽的な淫魔である彼女は、自分の感情を深く考えることはしなかったが。

「あんっ♡　あぁっ……あぁんっ♡　これも好きぃ……あっ、あっ、あはぁっ……また、いっぱい出して……私の中に……♡　オチンチンびゅーびゅーさせてぇ♡」

すっかり肉棒の虜になってしまったリムリィの喘ぎ声が部屋中に響き渡る。

勇者のザーメンの効果もあるだろうが、この乱れぶりは彼女自身の気持ちによるものが大きいのではないかと直樹は思った。

好きだ、好きになりたい、という気持ちが催淫効果よりも強く、セックスという行為に彼女を酔わせているのだ。

華奢な身体を由緒正しき種つけプレスに組み敷いて、びしょ濡れの処女マ○コに肉棒を出入りさせながら、直樹もまた彼女のことを想った。

勇気を振り絞って自分を変えようとした彼女に最高の思い出をプレゼントしてやりたい。

突然、家族と別れて奴隷にされ……アルメラに見守られていたとはいえ、心許せぬまま旅を続けた。自分が同じ立場だったら耐えられただろうか？

そんな彼女を連れていくことができない自分になにができるかと言えばこれしかない。

たとえそれがひとときの慰めだったとしても、忘れられないぐらいの快楽を。

「リムリィも一緒に腰を動かしてみるか……？」

「ゆ、勇者様と一緒に……？」

「ああ、無理はしなくていいけど、なんか少しもじもじさせてたからさ。恥ずかしくて、我慢してるんだったら、もったいないぞ。自分が気持ち良くなるように動かしていいんだ」

「うん……」

彼女のことを想う純粋な気持ちに偽りはないが、言われたことを素直に受け止める相手をエッチに染めていくのにもハマるものがある。

果たして、続く直樹の律動にリムリィはわずかに腰をくねらせ始め、躊躇いがちだったその動きが徐々に大胆なものになっていく。少女の本心からの欲望が明かされたような気がして興奮させられる。

「ううっ、そうだ、いいぞ……もっといやらしく……エッチのときは、自分を曝け出していいからな！　いやらしいほど俺も、もっとリムリィのことを好きになるんだ！」

「んはぁっ……あ、ああっ……♡　私も……いやらしい勇者様が大好きぃっ……♡」

ずちゅ、どちゅっ、どちゅ、ずちゅ、ずちゅん、ずちゅんっ！

密着した腰同士がダンスを踊った。

やがて、快感の痺れが全身に回ったリムリィは、両手両足で力いっぱい直樹に抱きつきますます激しくなるピストンに負けぬくらい腰を打ちつけてきた。

「ああんっ、来るっ…♡　変な気持ちまた来るぅ……大好きっ……大好き、この気持ち！　はあっ……勇者様とひとつになるぅ……大好きな勇者様と、ああっ♡」

「さっき教えたように言うんだ、イッていいぞ、リムリィ……！」

「ああああっ、いくっ！　これいくぅ……オチンチン気持ち良すぎるの♡　好きすぎるの！　いくの、いくの、んあああっ♡　いくっ、いくっ、いくいくいくっ……いくのおぉっ♡」

びぷう、びゅばばばっ、どぴゅるるる、どぷっ、どぷっ、どぷんっ！

アクメに合わせて膣内に中出ししてやると小さな舌を可愛らしく突き出し、リムリィは全身を硬直させ、その一瞬後に弛緩……そして、ぐったりと失神する。

「ふう……」

ずぼりとペニスを引き抜くと処女だった肉裂はまたぴっちりと閉じ合わされ、閉じきってから、ぷちゅっと音を立てて大陰唇の奥襞(おくひだ)から精液がひり出される。

「やっぱり処女はいいな……自分の手でエロいことを教える感じがたまんない……」

額の汗をぬぐい、直樹はリムリィの身体も拭いてやろうと浴巾を探す。

すると、それはすぐに横から差し出された。

「お、サンキュー……って、ライラ⁉　ドロテアも……いつの間に！」

「んふふ～♡　ご主人様にエロいことを教えてもらったのはリムリィちゃんだけじゃないですよ～」

　術で壁を抜けたのか、それとも種つけに夢中なうちに扉からこっそり忍び込んだのか、それは定かでなかったが、淫魔の姉妹がベッドに上がって直樹を取り囲む。

「……」

「邪魔はしないって言ってたのにって？　堅い事言わないの♡　あたしたち淫魔でしょ♡」

　ウィンクしてライラが服を脱ぎ捨てると、なにか言いたげな顔をしていた妹もそれに倣って裸になった。

「ライラさん、ドロテアさん……」

　絶頂の余韻にぼうっとしたまま、目を覚ましたリムリィが呟く。

「あんなに好き好きって隣で叫ばれたら、ご主人様のしもべとして妬けちゃうわ♡　でも、あたしたちも、あなたのこと大好きよ♡」

　そう言うと、ライラはドロテアと共にリムリィに寄り添い、少女の脚を片方ずつ抱え、大きく開かせた。

「あっ……！」

　弾みで開いた処女淫裂がぷっ、ぴゅっと膣内のザーメンを飛び散らす。

「んふ……♡　可愛い……♡　いっぱい注いでもらったね♡」

目を細めてライラが直樹に流し目をくれ、隷属の紋章を撫でてみせる。

「さあ、ご主人様……あたしたちも一緒に可愛がって♡　約束でしょ……♡」

ザーメンを滴らせる可憐な処女のマ○コに、淫らな小悪魔ふたりの肉感的な裸体。

そんなものを並べられては吐精したばかりの直樹の肉棒も黙ってはいられない。

「うおおおっ……！」

直樹は女体の海へとダイブした。

飛び込んだ先には、おっぱい、お尻、太腿、マ○コ……どれがどれだかわからない。

柔らかで甘い香りと淫靡な熱を放つ特上の肉の波頭。その波間を泳ぎに泳いで、白濁をぶちまける。

ぶぴゅっ、どぴゅぴゅぴゅぴゅっ……ぴゅぐううっ、びゅぱあああああっ！

「ああんっ、ご主人様ぁっ♡　っは、あはあんっ♡　あたしもご主人様のチンポ好きぃ♡」

「んぅっ……んあっ……ふあ……♡　はあっ……はあっ……♡」

「好き……皆で一緒にするのも好き……ああっ、す、好き……なの……♡」

たちまちのうちに顔も身体もザーメンまみれとなった三人が淫熱に浮かされるままに、チンポを求め続ける。

「いくぅ……また、いく……大好きな勇者様のチンポで……あ、あっ……ああっ♡」

「可愛いイキ顔をしっかり見せてあげるのよ♡　そしたらもっと好きになってもらえるわ」

「お、おい、ライラ、あんまり変なこと教えるなよ⁉」

「え～、さっきはそれが良いって自分で言ってたくせにぃ♡」

「いや、淫魔が教えるのはさすがにマズイだろ……」

「ご主人様だって似たようなものでしょ♡　いいから、いいから♡」

「ちょっ、おわっ……な、なんだそのテク……！　おお、おおおおっ……！　リムリィ、これは真似しちゃ駄目だからな……あっ、あ～～～～～～！」

「可愛い勇者様も……好き……♡」

しもべと言っても、セックスの主導権に関してはずいぶん融通が利くようだ。

悲鳴を上げる直樹を楽しげに翻弄するライラは、その最中にふと天井を見上げ、そこに止まっていた蝙蝠に向かって夢話を送った。

「というわけで、あたしたちご主人様のしもべになったんで……♡」

手を振り、眷属化の術を解く。

そうすれば、使い魔だった蝙蝠はただの動物に戻る。

「もう連絡はしませんね……次に会うときはお手柔らかに♡　それじゃ～♡」

その節操のない笑顔は、享楽の悪魔の面目躍如たるものだった。

魔球が映し出したライラのメッセージにミーチェは茫然と立ち尽くしていた。

「あの……魔王様……」

パリンッ！

光を失った玉が憤激の思念を受けて砕け散る。

「ひぃ⁉」

身をすくめるミーチェの前で、魔王の座の周囲の闇が禍々しく渦を巻き始めた。

「この役立たずどもめ……さっさと連れて帰れと言ったであろうに‼」

怒り狂う声……だが、ミーチェは恐れではなく、感動に身を震わせていた。

「クルデリス様……お姿を……！」

闇の中から現れたのは魔王の白い裸身。

堂々たる乳房に流れかかる漆黒の髪、優美な角、峻厳さを感じさせる伸びやかな長い脚、その全身から立ち昇るのは、この世のものとは思えぬほどの妖艶な色香。

魔王はその実体を取り戻し、ついに姿を現したのだ。

渦巻いていた闇が凝結し、その素肌に纏わりつく。

これぞ闇の魔装——魔族の支配者の正統なる戦装束であった。

「お……おぉ……ついに……」

歓喜に口元を震わせてミーチェは主人の神々しい顕現に見惚(みほ)れた。

「ミーチェ！　次の策は練っているのであろうな！」

玉座に身を預けた魔王クルデリスの問いに、彼女は居住まいを正した。

「はっ！　すぐに次の刺客を手配いたします……」

参謀らしいきびきびした返答をしながらも、魔球の破片を手早く取り集めて片付ける。

それは家令気質のなせる業だ。

「しかし、まさか勇者の力が強まるとは……」

「うむ……あまり悠長に構えていられないな……余はまだ完全には力を取り戻していない……今は貴様たちの働きが頼りだ」

「そのようなことは。今や魔装すら取り戻したクルデリス様の前では、我らなど塵も同然」

「このようなもの……なにほどのことか」

クルデリスは玉座に足を組んだまま、しなやかに腕を伸ばし、身に纏った闇の甲冑を忌々しげに確かめる。

「……勇者は必ず手に入れねばならぬ。どんな手を使ってでも」

重々しく放たれたその言葉には怨念すら込められているように聞こえる。

(魔王様は本当に変わられた……)

頭を垂れ、膝をついたままミーチェは思いを巡らせた。

昔は争いを好まなかったというのに、人間との戦いにこれほどの執念を燃やすとは。

封印されたことで強い恨みを持つようになったのだろうか。

（しかし……それでこそ魔族の王……側近として全力で支えねば……！）

魔王がその場を去った後も、ミーチェはその場に伏したまま、改めて心に忠誠を誓うのだった。


そして——

「フン　愚かな男だ……素直に我々に従ってさえいれば恐怖に怯（おび）える日々を過ごさず済むというのに……」

魔王城の奥底へと降りる長い地下螺旋階段。

その石段を一歩ずつゆっくりと踏みしめ、クルデリスはぶつぶつと独り言を呟いていた。

胸中の想いを留めておけない。

あとからあとから、湧き出る泉の水の如く言葉が溢れてくるのだ。

「しかし、勇者よ、どれだけ抵抗を続けても無駄だ。何故なら……」

己が寝所へ辿り着き、その扉を開け放つ。

部屋の中には、お帰りなさいと彼女を迎える無数の笑み。

「待たせてしまったな……寂しかったろう」

それまでの厳めしい表情をかき消し、クルデリスは向けられた笑顔のひとつひとつを、愛おしく眺め渡す。

額縁の中でクルデリスに寄り添われて嬉しそうな直樹。

裸の彼女を抱き寄せ、優しく口づけしてくれている直樹。

お姫様抱っこをしてくれている直樹。

イーゼルにのせられたキャンパスの中、まだ下絵のトレースが終わっていない直樹。

小さめに作りすぎて指人形のようになってしまった直樹一号。

ふたりで一緒にハートのクッションを抱えた直樹十六号。

裁縫台の上で仮縫いの糸を抜いてもらうのを待っている最新作の直樹二百六号。

それらの手芸と絵画のすべては彼女が自ら手をかけ、こしらえたものである。

(愛しい……ああ、愛しい……愛しすぎて言葉では表せぬ、我が想い……)

クルデリスは椅子の上にちょこんと座っていた縫いぐるみの直樹六十四号を胸に抱くと、思い切り頬をすりつけた。

「余は絶対にあきらめない……初めて貴様を見たときのこの胸の高鳴りが忘れられぬ……貴様は三百年前のあの憎たらしい小僧とは違う。無邪気な笑顔、真っ直ぐな性格、嘘偽りない優しさ。力を利用するなど、ただの方便……本当は魔族も人類もどうでもいい……」

燭台の炎揺らめく薄暗い寝所に忍び笑いが木霊(こだま)する。

「ああ、勇者よ、早く私のものになれ。勇者よ……フ、フフフ……ウフフフフ……♡」

魔王クルデリスは強く強く……想いよ伝われと直樹を抱き締め続けるのだった。

エピローグ

はいっけい、なたりやちん
おんげきですか。けきんなのはわたしですとみんなも
おかけでぶじりはねらにとっちゃくできましたありがとます
でも、かいぞくとさきゅっぱすでたいへんだた！
くわしことはこのこにきてください
りむりいです
ぜったいにかえるますからそれまでこのこをおねがましす
なたりやちんとまたあいますたのしみです

なおっき・おかわ

街道は峠に差し掛かり、ふと顔を上げて振り返れば、リハネラも、その向こうの海も、ずいぶんと遠く小さくなっていた。

かたことと滑らかに回る車輪の音に混じり、馬の蹄（ひづめ）が、かっぽかっぽと軽快なリズムを刻む。雇われ御者の老爺がのんびりと手綱を取る馬車の荷台の上で、リムリィはもう一度、

手にした手紙に目を落とした。

エルフのとは違う字で書かれた文面は読めなかったが、ここに来るまでに何度も何度も目で追った。

（勇者様が私のために書いてくれた手紙だもの……）

ティアーネさんが代わりに書こうと言ったのを断って、自分の手で書いてくれた文章。

不格好なその文字は、お世辞にも上手には見えなかったが――

そのとき、悪戯な山の風が吹き抜けて大事な手紙を攫われそうになり、リムリィは慌てて強く手を握りしめ、危ないところだったと胸を撫でおろす。

でも、この風は知っている、故郷の山でも吹いていた風だ。

鳥の声、木の匂い。心が落ち着く山の尾根。

どれもリムリィの好きなものだ。

新鮮な空気を胸いっぱいに吸い込んで、また読めない手紙の文字を追う。

ナタリヤさんに会ったら、この文字を教えてもらおう。

それにしても、勇者様の書いたこれは何度見ても本当に……。

「うふふっ……下手くそな字！」

リムリィには、またひとつ好きなものができた。

黒名ユウ執筆 

二次元ドリーム文庫　第399弾

VTuberを始めた学級委員長（清楚）がエロすぎて困る

VTuber に詳しい侑紀は、憧れの学級委員長である羽詩館まどかに自分を人気 Vtuber にするよう迫られる。まどかの愚の骨頂を止めるべく、冗談半分で H な事を求めてみたら一理あると受け入れられてしまい…？　今日も清楚（？）な委員長はクラスメートのマイクを握って、淫らな生配信を開始する！

小説●黒名ユウ　挿絵●しりー

本作品のご意見、ご感想をお待ちしております

本作品のご意見、ご感想、読んでみたいお話、シチュエーションなど
どしどしお書きください！　読者の皆様の声を参考にさせていただきたいと思います。
手紙・ハガキの場合は裏面に作品タイトルを明記の上、お寄せください。

◎アンケートフォーム◎　**https://ktcom.jp/goiken/**

◎手紙・ハガキの宛先◎
〒104-0041 東京都中央区新富 1-3-7 ヨドコウビル
(株)キルタイムコミュニケーション　二次元ドリーム文庫感想係

異世界ハーレム物語 3
～淫魔と隷属契約、女海賊と愛人契約～

2021 年 8 月 27 日　初版発行

【著者】
黒名ユウ

【原作】
立花オミナ
（サークル しまぱん）

【発行人】
岡田英健

【編集】
餘吾築

【装丁】
マイクロハウス

【印刷所】
株式会社廣済堂

【発行】
株式会社キルタイムコミュニケーション
〒104-0041　東京都中央区新富1-3-7ヨドコウビル
編集部　TEL03-3551-6147 ／ FAX03-3551-6146
販売部　TEL03-3555-3431 ／ FAX03-3551-1208

KTC KILL TIME COMMUNICATION